AF487359

Declan
L'imprévu au ranch

SOUS LE CIEL DES FARRADAY · BOOK 4

CHRIS KENISTON

Indie House Publishing

Indie House Publishing

CHAPITRE PREMIER

— La batte de baseball a encore frappé. DJ reposa le combiné et repoussa sa chaise de bureau. C'est la cinquième boîte aux lettres cette semaine.

Les frasques d'adolescents, c'était une chose, mais là, ça dépassait complètement les bornes. Et cette fois, ils s'en étaient pris à la vieille Mme Peabody. Depuis la mort de son mari, cette femme avait déjà bien assez de problèmes imaginaires sans avoir besoin de vrais soucis. Qui savait combien de temps lui et son service devraient passer plus régulièrement devant chez elle avant qu'elle ne trouve autre chose pour nourrir ses inquiétudes. Avec seulement quelques agents, en plus de lui-même, pour cette petite ville et la poignée de ranchs situés dans les limites de Tuckers Bluff, patrouiller dans le quartier de Mme Peabody toute la journée — et toute la nuit — n'était pas pratique, mais il le ferait.

Esther, sa standardiste, tendit le bras. Un petit message rose pendait entre ses doigts. — Tu devrais peut-être rappeler ton frère.

— Lequel ?

— Brooks. J'ai pris l'appel pendant que tu calmais Mme Peabody.

DJ regarda le mot. Dit qu'il t'a peut-être sauvé la journée. — Merci. Un bruit de frottement près de la porte d'entrée attira son attention, mais la sonnerie de son portable le ramena à la réalité. — Farraday.

— Si tu viens, tu ferais mieux d'arriver plus tôt que tard, dit rapidement Brooks. J'ai presque fini avec Christopher Brady.

— Christopher ? Un autre mouvement devant le fit

traverser le bureau commun vers la fenêtre. Qu'est-ce qu'il a ?

— Maman l'a amené avec un bras cassé.

— Ah oui ? Christopher allait apprendre à ses dépens que le karma était une vraie saleté.

— Ouais. Je parie qu'une autre boîte aux lettres est tombée.

Scrutant la rue, DJ hocha la tête même si son frère ne pouvait pas le voir. — Mme Peabody.

— Si tu veux mon avis professionnel, on dirait bien que ce fils Brady supporte mal l'attention dont les jumeaux font l'objet.

— Ouais, tu as sûrement raison. J'arrive tout de suite. DJ glissa son téléphone dans sa poche et fit un pas vers le bruit de grattement provenant de la porte d'entrée, puis attendit. Rien. Peut-être que sa famille avait raison, il lui fallait un peu de temps libre. Une pause. Tuckers Bluff n'était pas une mecque du crime, mais parfois, n'avoir rien à faire de la journée était aussi épuisant qu'en avoir trop. Pourtant, il choisirait ces longues journées d'hiver sans le moindre signe d'ennuis à l'horizon et les méfaits accrus du printemps plutôt que les conneries des grandes villes n'importe quand. Se tournant vers Esther, la standardiste indispensable qui portait un badge bien avant qu'il ne devienne flic, il attendit qu'elle termine son appel.

— Oui, madame, dit Esther avec un sourire. Je comprends ce que vous ressentez. Elle hocha aussi la tête, même si son interlocutrice ne pouvait pas la voir. — Vous pouvez être sûre que je le lui rappellerai. Cette fois, Esther eut un petit rire. — Je ne sais pas si j'irais jusque-là. Sa tête oscilla encore quelques fois avant que ses yeux ne roulent, puis le sourire revint. — Oui, madame, passez une bonne journée.

— Laisse-moi deviner, dit DJ en changeant son poids d'appui. Mme Peabody.

Esther hocha la tête. — Tu as parlé à ton frère ?

— J'y vais tout de suite. Presque arrivé à la porte, un autre bruit de grattement attira son attention. Faisant un signe à Esther, il allongea le pas et ouvrit brusquement la porte. — Eh bien.

Assis sur son derrière à côté de l'un des vieux bancs en bois qui encadraient les deux côtés du perron, la queue battant l'air et la langue pendante, un chien qui devait être cousin germain avec un loup du voisinage se tenait là, aussi satisfait que n'importe quelle mascotte de famille.

— Salut, toi. DJ avança lentement, sans savoir combien de temps cette queue continuerait à remuer. Il fut récompensé par une patte levée. — Ah, tu donnes la patte ? Tentant sa chance, DJ prit la patte offerte, la serra une fois, puis gratta le cou de l'animal à la recherche d'un collier ou de médailles. — Tu appartiens forcément à quelqu'un. Aucun chien errant n'apprend à donner la patte. Attends une minute. — Je parie que c'est toi le fameux chien qui surgit un peu partout.

DJ aurait juré que le chien hocha la tête.

— Ne bouge pas. Je connais des gens qui vont vouloir t'examiner. Tout en continuant de lui gratter le cou, DJ sortit son portable et appela le cabinet de son autre frère. C'était pratique d'avoir à la fois un médecin pour les humains et un médecin pour les animaux dans la famille.

— Clinique vétérinaire, comment puis-je vous aider ? La voix joyeuse de Becky Wilson résonna dans son téléphone et le fit sourire. La gamine était toujours si enjouée et pétillante que le seul son de sa voix pouvait arracher un sourire au Grinch.

— J'ai quelqu'un ici qu'Adam devrait examiner.

— Eh bien, il n'est pas là. C'était plutôt calme, alors lui et Meg sont partis faire un peu de shopping à Butler Springs.

— Zut. J'ai le chien.

— Le chien ? répéta-t-elle. Oh attends. Tu veux dire ce chien-là ? Sa voix monta d'un octave et, cette fois, il sourit franchement.

— Je crois que oui.

— Génial ! Ne le laisse pas filer. J'arrive.

Avant qu'il ne puisse ajouter un mot, la ligne fut coupée et il décida que le fils Brady pouvait attendre. Ce n'était pas comme s'il ignorait où la famille habitait. Il regrettait simplement que Christopher soit passé des maisons couvertes de papier toilette à la destruction de biens privés. Fermer les yeux n'était pas une option, et ce niveau de vandalisme dépassait largement le simple avertissement sévère.

— Becky est en route, expliqua-t-il au chien. Tu vas l'aimer.

Encore une fois, le chien fit ce petit mouvement de tête qui ressemblait à un hochement. Pivotant sur lui-même, il se dressa sur ses pattes arrière comme s'il invitait à danser puis, en redescendant, il se déplaça de l'autre côté, offrant à DJ une meilleure vue de ce qui était niché sous le vieux banc derrière le chien touffu.

— Ne me dis pas que quelqu'un a abandonné tes chiots ici et que c'est ça qui t'a poussé à sortir de l'ombre. Gardant une main sur le collier du chien, DJ se pencha, attrapa le bord du carton et tira la boîte à découvert. Pendant une fraction de seconde, il crut halluciner. Il cligna des yeux une fois, puis deux, et secoua la tête. Pas d'hallucination. S'accroupissant, il tendit la main. — Nom de…

Bondissant de son siège, Becky se tourna vers son amie et réceptionniste, Kelly. — On dirait que DJ a trouvé ce mystérieux chien. Il l'a au commissariat. J'y vais tout de suite.

— Il est blessé ? Comme tout le monde en ville qui avait entendu parler du chien qui disparaissait, Kelly savait que certains témoignages le disaient boiteux. Personne n'aimait l'idée d'un animal blessé livré à lui-même.

— On verra. Je le ramènerai. Même s'il n'est pas blessé, ce pauvre loulou a besoin d'un bon foyer.

— Vu la façon dont il s'est occupé du mari de Toni et de la petite Stacey, je dirais qu'il a l'instinct protecteur. Peut-être que ta grand-mère aimerait avoir un autre chien maintenant que tu as déménagé.

Becky leva les yeux au ciel et fouilla dans son sac pour

en sortir ses clés. — Ne lui donne surtout pas d'idées. Contournant le comptoir, elle fit un signe de la main à Kelly. — Je reviens bientôt.

— Ne te presse pas, lança Kelly.

L'un des aspects les plus agréables du travail de Becky, c'était de travailler avec l'une de ses meilleures amies et le patron le plus cool du monde. Ce n'était pas plus mal non plus qu'en travaillant pour l'aîné des frères Farraday, elle puisse garder un œil sur Ethan sans avoir à poser directement des questions sur lui. Même si elle en voyait beaucoup sur les réseaux sociaux, elle savait qu'il y avait bien plus encore qui n'était pas destiné au grand public. Et puis elle essayait de ne pas penser à tout ce qu'il y avait en plus que même sa famille à lui ignorait.

Le commissariat se trouvait à mi-chemin de Main Street. Pas bien loin, à Tuckers Bluff, mais dans les circonstances, y aller à pied aurait pris trop de temps. Descendant la rue dans son petit pick-up, elle roula aussi vite que possible sans trop attirer l'attention. Bien sûr, elle dut prendre une minute pour saluer Burt Larson qui rentrait des tonneaux de soldes depuis le trottoir devant la quincaillerie. Sans doute que trimballer ces trucs dehors puis dedans toute la journée lui permettait de se tenir au courant de tous les ragots de la ville. Ensuite, le code d'éthique tacite des petites villes l'obligea à baisser sa vitre un instant pour échanger quelques mots avec Polly, qui fermait le Cut and Curl. — Petite journée aujourd'hui ?

— Ouais, Mme Thorton a annulé sa couleur. Je me suis dit qu'il était temps que je m'accorde un après-midi de congé.

Becky hocha la tête et lui fit un signe. — Profites-en.

La plupart des boutiques repliaient leurs stores tôt en semaine, et si elle avait attendu quelques minutes de plus, elle aurait probablement dû s'arrêter pour chaque commerçant sur le chemin du retour.

Pour un endroit destiné à enfermer des hors-la-loi, le commissariat avait un extérieur très accueillant. Becky se gara dans une place libre devant le bâtiment et, se dépêchant de dépasser les bancs et les pots de fleurs pour rejoindre la triple porte vitrée en retrait, elle entra presque en courant, avant de s'arrêter net au milieu du bureau commun.

Comme elle s'y attendait, DJ se tenait là avec un animal gris et poilu, plus que de taille moyenne, à ses pieds, mais au lieu de l'attendre dans son bureau, tous les deux étaient complètement captivés par Esther, qui berçait un bébé tout en le tapotant doucement. — Vous lancez un service de garde maintenant ? demanda Becky.

— Apparemment. Esther fredonnait à l'infant blotti contre son épaule.

Le chien se dégagea de la prise de DJ et trotta en direction de Becky.

— Doucement. DJ se retourna derrière lui.

La queue battant l'air, le chien arriva le premier jusqu'à Becky, s'assit devant elle et tendit une patte.

— Il m'a fait ça aussi. DJ s'arrêta devant elle, son regard assombri repartant vers le bébé.

— Alors comme ça, tu es un gentleman ? Elle s'accroupit et, des deux mains, se mit à gratter le cou du chien avant de relever la tête vers DJ. — À qui est ce bébé ?

— On était justement sur le point de le découvrir.

— Le découvrir ? Elle regarda tour à tour DJ, puis Esther, puis de nouveau DJ.

DJ agita quelques enveloppes devant elle. — Le bébé a été laissé ici, sur le perron, dans une boîte en carton. Ces enveloppes accompagnaient le paquet. Se tournant vers son bureau, les enveloppes dans une main, DJ désigna le chien de l'autre. — Rintintin montait la garde.

— Mais oui, tu es un bon chien. Elle continua de lui gratter l'arrière des oreilles. — Je n'arrive pas à croire que quelqu'un d'ici aurait simplement déposé un bébé sans défense sur le pas d'une porte. Tapotant le sommet de la tête du chien, elle se redressa et s'approcha d'Esther. — Fille ou garçon ?

— On n'a pas vérifié. Quand le chef a soulevé la boîte, le pauvre petit s'est réveillé en sursaut, et M. Papa là-bas me l'a refilé si vite qu'on aurait cru que le bébé était en feu.

En roucoulant, Becky tapota le dos du bébé. — Les bébés ne sont-ils pas adorables ?

DJ déchira une enveloppe et entra dans son bureau.

Le téléphone sonna. Esther regarda son patron, secoua la tête et tendit le bébé à Becky. — Il faut bien que quelqu'un réponde à ça.

— Oui, il faut bien que quelqu'un le fasse, lança DJ depuis derrière son bureau en dépliant la feuille de papier.

Becky le suivit. Le chien s'affala dans l'encadrement de la porte, le regard fixé sur la porte d'entrée.

En se balançant doucement et en tapotant, elle berça le petit paquet pour le rendormir. Elle adorait les bébés. Tous les enfants, en fait. Depuis qu'elle était toute petite, elle rêvait d'une jolie maison de ranch blanche avec un jardinet latéral entouré d'une clôture blanche et de petits enfants arborant ces traits Farraday forts et ciselés, ces yeux bleu-vert profonds et les cheveux blond sable d'Ethan. Pourtant, année après année, plus Ethan restait marié aux Marines, moins les rêves de Becky d'un bonheur éternel semblaient avoir des chances de se réaliser. Mais elle n'était pas prête à abandonner ce rêve. Pas encore. Un jour, il rentrerait à la maison et la verrait comme la femme adulte qu'elle était devenue, et alors il n'aurait d'autre choix que de tomber éperdument amoureux d'elle, tout comme elle était tombée amoureuse de lui, en première année. — Qui pourrait abandonner quelque chose d'aussi précieux ?

— C'est justement ce que j'essaie de comprendre. DJ continua de parcourir la page devant lui. — Tout ce que ça dit, c'est que les quelques jours qu'elle a passés avec le père étaient fantastiques. Il leva les yeux par-dessus le bord de la page. — Je vais t'épargner les, euh… détails intimes.

Becky baissa les yeux pour cacher le rouge qu'elle savait voir monter à ses joues d'une seconde à l'autre. Elle pouvait plaisanter et rire à propos du sexe avec les filles n'importe quel vendredi soir, sans problème, mais entourée d'hommes forts et séduisants — ou dans ce cas-ci, d'un seul homme — son éducation old school refaisait toujours surface.

— On dirait que la maman était… est… un peu une enfant sauvage, poursuivit DJ en continuant de lire. Elle s'est dit que c'était peut-être le moment de se ranger. Que tomber enceinte, même s'ils avaient pris des précautions, était un signe de Dieu. DJ haussa ses sourcils sombres à cette phrase.

— J'imagine que la nouveauté s'est estompée assez vite.

— Ouais. Il passa à une seconde page. — Elle va simplement conduire et s'arrêter partout où les lumières vives l'appelleront, elle sait que Brittany—

— Donc tu es une petite fille. Becky embrassa le haut du crâne de ce précieux bébé. — J'aurais dû m'en douter. Un visage si doux.

DJ poursuivit : — La mère sait qu'elle sera mieux dans une famille stable. Famille ? Nom d'un… DJ laissa échapper un long soupir et, les yeux fermés, se pinça l'arête du nez. — Si le papa inconscient a déjà une famille, alors Cher Papa est marié. Je me demande comment Mme Cher Papa va réagir à ça.

— Je ne sais pas à quel point cette famille peut être stable si M. Papa trompe Mme Papa. Est-ce que la lettre dit qui est le père ?

Secouant la tête, DJ posa la feuille sur le bureau et sortit son téléphone portable. — Reed, je veux que tu te postes à l'embranchement de la Route 9.

— On cherche des ivrognes ou des chauffards à cette heure-ci ? demanda le jeune agent.

— Ni l'un ni l'autre. Si tu vois une voiture que tu ne reconnais pas, relève la plaque et rappelle-moi. DJ mit fin à l'appel et reprit sa lecture de la lettre.

— Vous pensez que la mère n'est pas du coin ?

DJ hocha la tête. — On n'a aucun endroit en ville où un homme marié pourrait passer un long week-end de fête sans que sa femme en entende parler.

— Pourquoi a-t-elle déposé Brittany ici plutôt que chez Papa ?

— Probablement, replia DJ la lettre dans l'enveloppe avant de sortir une autre feuille, pour qu'on ne puisse pas l'arrêter. En laissant le bébé dans un lieu sûr au Texas, elle s'évite des poursuites.

— Je n'appelle pas vraiment ça un lieu sûr, le pas de la porte.

— Ouais, elle savait probablement que l'un de nous entrerait ou sortirait. Il leva les yeux à travers les vitres de son bureau en direction de la porte d'entrée. — Ça va être un sacré bazar. Même si on découvre qui est le père, je vais devoir appeler les services de protection de l'enfance, trouver une famille d'accueil agréée. Tu sais bien que le père exigera des tests ADN, et contrairement à la télé, avec l'État aux commandes, ça ne se fera sûrement pas du jour au lendemain.

À force de la bercer, même au milieu de la conversation, la douce petite s'était rendormie très profondément. Becky déplaça son poids d'un pied sur l'autre. — Je peux aider.

DJ déplia la feuille suivante et releva les yeux vers Becky. — Tu sais quelque chose que j'ignore ?

Elle secoua la tête. — J'ai toujours mon agrément pour l'accueil d'urgence. Tu te souviens, la cousine de Gran, Gert, est morte pendant une visite il y a quelques années ? Elle avait son petit-fils Chase avec elle. Sa mère avait disparu depuis un moment, à l'époque, et elle n'avait jamais dit à Gert qui était son père.

— C'est vrai. Vous avez gardé le garçon pendant quelques mois avant que les services sociaux ne retrouvent le père.

— On l'aurait gardé aussi si Gran n'avait pas bien aimé le type. Apparemment, il ne savait même pas qu'il avait un fils.

— On dirait qu'il y en a beaucoup, des histoires comme ça. DJ reporta son attention sur la page devant lui. Comme une pleine lune d'automne, ses yeux s'écarquillèrent jusqu'à ce que tout le blanc entoure ses iris bleu profond.

— Qu'est-ce qu'il y a ?

Sa main s'abattit lourdement sur la table. — C'est un acte de naissance.

— Bien. Au moins, on sait qui est la mère.

DJ hocha la tête. — On sait aussi qui est le père.

Quelque chose dans sa voix lui donna la chair de poule. Sûrement, DJ n'avait pas été celui qui avait fait la fête avec des femmes inconnues. Même si, maintenant qu'elle y pensait, aucun des Farraday ne fréquentait les filles du coin, et elle serait sacrément idiote de croire qu'ils vivaient tous dans l'abstinence. Elle déglutit péniblement et attendit la suite.

— Becky. Il inspira. — C'est Ethan

CHAPITRE DEUX

Becky pâlit si brusquement que DJ faillit se lever d'un bond pour lui reprendre le bébé. Mais au lieu de relâcher son étreinte, elle serra le nourrisson un peu plus fort contre sa poitrine.

Ses lèvres se pincèrent. Elle mordilla d'abord la supérieure, puis l'inférieure, avant de parvenir enfin à parler.

— Je vois.

Ces deux petits mots transpercèrent DJ avec la précision d'un scalpel. La prochaine fois qu'il mettrait la main sur son frère au train de vie si insouciant…

— Tu veux toujours que je t'inscrive comme famille d'accueil ?

Sans même prendre une seconde pour réfléchir, Becky hocha la tête.

Intelligente, douce, gentille, attentionnée, responsable… et prête à prendre en charge le bébé qu'une autre femme avait eu avec l'homme qu'elle suivait comme un petit chiot amoureux depuis l'école primaire. Le mot *incroyable* était le seul qui lui venait. Bon sang, son frère était vraiment un idiot fini.

Mais un nouveau problème venait de surgir. Si ce que cette femme écrivait dans sa lettre était vrai, alors ce n'était pas simplement un bébé abandonné de plus. C'était une Farraday.

Et les Farraday prenaient soin des leurs.

Quoi qu'il en coûte.

— Tu crois qu'Ethan va rentrer maintenant ?

La voix de Becky était si douce, si pleine d'espoir, que l'envie d'étrangler son propre frère remonta aussitôt en lui, violente comme le jet d'une bouteille de soda qu'on vient d'ouvrir après l'avoir secouée.

— Je n'en sais rien.

Et c'était la vérité. En revanche, il était certain d'une chose : tant qu'ils n'auraient pas la preuve que du sang Farraday coulait bien dans les veines de ce bébé, il ne pouvait demander ni à Ethan ni à aucun autre membre de la famille de mettre sa vie sens dessus dessous. Par une ironie tordue, cette enfant relevait aussi de son travail. Pourtant, qu'il le veuille ou non, avec ou sans preuve, la vie des siens risquait fort d'être suspendue pendant plusieurs semaines.

— La mère a laissé quelque chose pour le bébé ? Des couches, du lait maternisé ? Tu as dit qu'elle était dans une boîte… J'imagine qu'il n'y avait ni siège auto ni porte-bébé ?

— Il y avait un sac à langer avec deux biberons, un sachet de lait en poudre dans un Ziploc et quelques couches, mais c'est tout.

— Je suppose qu'il va falloir faire des courses.

Becky se redressa légèrement.

DJ secoua la tête.

— Pour l'instant, *nous* allons faire des courses. Dieu sait dans combien de temps l'État te remboursera. Et si ce que dit la mère est vrai, si c'est bien le bébé d'Ethan, il est hors de question que je te laisse payer pour ma nièce.

Eh bien, ça faisait encore drôle à entendre.

Sa nièce.

— J'imagine que c'est logique.

Elle recula d'un pas, baissa les yeux vers le bébé endormi, puis releva le regard vers lui.

— Tu viens de l'appeler ta nièce. Donc tu crois que c'est vrai.

— Pour l'instant, je n'arrive pas à penser à grand-chose, à part à la pile de paperasse qui m'attend, aux coups de fil que je dois passer et au fait que tout ça peut bien attendre demain matin. Mais peu importe qui elle est, ce bébé a besoin de plus qu'un simple sac à langer.

Becky acquiesça.

— La boutique des Sisters ?

Cette idée ne l'enchantait pas du tout. Ce n'était pas comme si les rumeurs n'allaient pas circuler dans l'heure, de toute façon. Mais chez les Sisters, elles auraient fait le tour du comté avant même qu'il ait fini de prononcer les mots *siège auto*.

— Je ne vois pas d'autre solution.

Il lui prit doucement le coude.

— Viens. Je conduis.

Au milieu du bureau, Becky regarda à gauche, puis à droite, puis autour d'elle une nouvelle fois.

— Où est le chien ?

Le choc de la découverte du bébé abandonné — un bébé qui pouvait très bien être sa nièce — avait complètement éclipsé la question du chien errant.

Le chien errant qui avait maintenant disparu.

Encore.

DJ leva les yeux vers la porte d'entrée. Fermée.

— Esther, quelqu'un a ouvert cette porte ?

La femme plus âgée secoua la tête.

— Non.

— Alors où est passé le chien ?

— Eh bien…

La voix d'Esther s'éteignit. Elle cligna des yeux, regarda autour d'elle et haussa les épaules.

— Peut-être que la porte n'était pas complètement fermée ?

— Ça doit être ça.

Becky fronça les sourcils.

À cet instant précis, DJ était prêt à accepter n'importe quelle explication qui ne lui demanderait pas de mobiliser davantage de neurones.

— Oui. C'est sûrement ce qui s'est passé. Le chien a poussé la porte et le vent l'a refermée.

Becky acquiesça, sans conviction.

— J'espère qu'il ne lui est rien arrivé.

Pour l'instant, DJ était presque certain que le chien s'en sortait mieux que n'importe lequel d'entre eux. Au moins, il avait déjà accompli sa part : protéger le bébé. Restait maintenant la partie compliquée.

Assurer l'avenir de cette petite.

En descendant Main Street, Becky gardait les yeux fixés sur le nourrisson endormi dans ses bras.

— Quel âge a-t-elle ?

— D'après l'acte de naissance, deux mois.

— Donc ça remonte à…

— Onze mois.

Il n'avait aucune envie de la forcer à dire tout haut ce qu'elle pensait tout bas.

— Si je me souviens bien, Ethan suivait une formation à ce moment-là.

— À Miramar, murmura-t-elle avant de laisser échapper un petit rire. Top Gun.

— Plus maintenant. Ils ont déplacé ça au Nevada.

— Je sais.

Elle releva les yeux.

— Ça lui ressemble tellement. Même quand on était enfants, lui et Connor étaient les plus téméraires. Ceux qui prenaient tous les risques.

— Chacun à sa manière. Pour Connor, c'étaient les chevaux. Pour Ethan, piloter.

— Il avait son brevet de pilote avant même d'avoir son permis de conduire, ajouta Becky.

— Tu te souviens de ça ?

À peine les mots furent-ils sortis de sa bouche qu'il regretta de les avoir prononcés.

Bien sûr qu'elle s'en souvenait.

Elle connaissait probablement la taille et le poids d'Ethan depuis la naissance jusqu'à sa dernière visite médicale.

DJ lui jeta un coup d'œil et vit son sourire vaciller avant qu'elle n'acquiesce.

Bravo, Declan James. Quand quelqu'un est déjà à terre, toi, tu lui donnes un coup de plus.

Il s'arrêta devant la boutique des Sisters. Avec sa devanture de magasin coquet, c'était ce qui se rapprochait le plus d'un bazar général à Tuckers Bluff.

— Dès qu'on aura tout choisi, je retournerai au poste chercher la voiture.

Son sourire revint.

— Ça me va.

— Tu tiens le coup ? Tu veux que je la prenne ?

— Non, elle pèse à peine plus qu'un sac de sucre.

Il devait reconnaître qu'au moment où Esther l'avait sortie de la boîte, le bébé lui avait paru d'une fragilité terrifiante.

Il prit son temps et ralentit le pas pour marcher au rythme de Becky.

Arrivé à la porte, son esprit hésita entre deux options : se montrer galant en lui tenant la porte ou passer le premier pour encaisser la première salve de questions des Sisters.

Au final, il réussit tant bien que mal à faire les deux, un bras tendu au-dessus de la tête de Becky tout en lui laissant le passage.

— Eh bien, qu'est-ce qu'on a là ?

Sister — celle des deux commerçantes qui persistait, sans le moindre complexe, à arborer une coiffure en ruche sortie d'un autre siècle — accourut vers Becky et le bébé.

— Je ne reconnais pas cette petite merveille.

Reconnaître ? DJ n'y connaissait pas grand-chose en bébés, mais il en avait vu assez pour savoir qu'à cet âge, ils se ressemblaient tous plus ou moins.

Becky sourit et lança un regard à DJ par-dessus la tête de la femme déjà penchée sur l'enfant en roucoulant.

— C'est une pupille de l'État. Becky va l'accueillir chez elle.

Les mots lui avaient échappé avant même que son cerveau ait eu le temps de les filtrer.

Quelque chose, dans l'association de la douce Becky et du mot *mère*, sonnait faux.

Et pourtant, la voir tenir dans ses bras ce qui pouvait être le bébé d'Ethan rendait ce glissement de langage dangereusement naturel.

Sans parler du fait que les services sociaux pouvaient très bien décider de placer l'enfant ailleurs.

Rien que cette idée lui noua l'estomac.

S'il le fallait, il demanderait quelques faveurs.

Mais cet enfant ne sortirait pas de son champ de

protection.

Pendant que le bébé passait d'une Sister à l'autre puis revenait, Becky et DJ choisirent le strict nécessaire. À plusieurs reprises, DJ remarqua que Becky s'attardait un peu trop longtemps devant une petite tenue à volants ou un accessoire rebondissant dans le même genre.

Becky recommençait à se balancer doucement d'un pied sur l'autre, les deux Sisters s'affairaient autour du bébé maintenant bien réveillé, prenant des voix ridicules pour le distraire. DJ décida que c'était le moment idéal pour aller chercher sa voiture.

— Je reviens dans quelques minutes avec de quoi ramener tout ça.

Les trois femmes hochèrent la tête, mais aucune n'eut l'air de l'avoir réellement entendu.

Il ne pouvait même pas leur en vouloir. Il y avait quelque chose d'hypnotique chez un bébé aussi petit.

Y compris pour lui.

Bon sang.

Ce n'était ni un gamin incontrôlable en train de faire exploser une vieille souche creuse, ni une bande d'ados turbulents saouls au vin de pastèque maison.

Comment diable était-il censé remettre de l'ordre dans un pareil chaos ?

Pour un bébé abandonné, la petite Brittany était facile.

La plupart du temps, elle dormait.

Et lorsqu'elle se réveillait, elle ne poussait presque pas un son pendant que Becky changeait sa couche, puis semblait parfaitement contente d'observer les Sisters se relayer pour lui donner son biberon. Elle l'avait d'ailleurs presque terminé, preuve qu'elle mangeait bien.

Pourquoi une femme abandonnerait-elle une petite chose aussi adorable ?

Quand DJ revint avec la voiture de patrouille, Becky installa le bébé dans l'imposant siège auto tout neuf.

Brittany ouvrit les yeux un instant, comme si elle se demandait vaguement ce que Becky était en train de lui faire, puis se rendormit aussitôt.

— Tu as besoin d'aide ? demanda-t-elle doucement.

Son téléphone collé à l'oreille, DJ secoua la tête et poursuivit sa conversation avec l'un de ses frères tout en chargeant dans le coffre tout ce qu'ils venaient d'acheter.

Assise sur le siège passager, Becky gardait un œil sur le bébé et l'autre sur DJ.

Pendant quelques minutes, elle laissa son imagination l'emporter.

Il lui suffisait de remplacer les cheveux foncés de DJ par des cheveux plus clairs pour imaginer Ethan, heureux, en train de faire des achats pour sa famille. Au lieu d'être famille d'accueil, elle était la mère. Au lieu de voir DJ poser sur l'enfant un regard plein de questions, elle imaginait Ethan la regarder, elle, avec un amour et un dévouement sans bornes.

Le même rêve qu'elle nourrissait depuis ses six ans.

Elle en était déjà, pour la millionième fois, à imaginer leur maison idéale quand la portière de DJ s'ouvrit.

— C'était Brooks. Il va rassembler les autres et convoquer une réunion d'urgence entre frères. Je ne veux pas encore en parler à mon père ni à tante Eileen. Pas avant qu'on ait éclairci certaines choses. Et ça ne sert à rien de mêler Grace à tout ça depuis Dallas.

— Elle va être furieuse.

Becky connaissait son autre meilleure amie sur le bout des doigts.

Toujours prête à pousser Kelly et Becky dans toutes sortes de situations improbables, Grace avait aussi une nette tendance à vouloir diriger les opérations. Une des raisons pour lesquelles les études de droit lui convenaient si bien, même si elle prétendait que la seule raison de ce choix, après l'université, c'était qu'un diplôme de droit était le moyen le plus rapide d'obtenir un salaire de docteur.

À la façon dont DJ la regardait, Becky ne savait pas s'il remettait en question la décision des frères ou s'il se demandait si elle n'avait pas mis son chemisier à l'envers ce matin-là.

— Tu as toujours été là pour ma sœur, dit-il enfin. On gérera Grace en temps voulu.

— Tu sais bien que je lui parle sans arrêt. Et à Kelly aussi. Elle va forcément apprendre pour le bébé.

DJ grimaça.

— Bien sûr. Tu as raison. Mais ce soir, je n'ai ni l'énergie pour les appels interminables ni pour les conversations à trois sur haut-parleur. Voyons déjà où nous en sommes, ensuite on en parlera à Grace.

Becky se contenta de hocher la tête.

Quel que soit le résultat de la réunion familiale, Grace ne pourrait pas faire grand-chose à des centaines de kilomètres de là, depuis Dallas.

— Mon appartement est presque prêt à accueillir du monde.

— Justement, à ce sujet…

DJ mit la voiture en marche et recula.

— J'y ai réfléchi…

— Stop.

Elle l'interrompit en secouant la tête.

En tournant sur Main Street, il lui lança un regard de côté.

— Ne dis rien.

DJ leva un sourcil interrogateur.

— Nous n'allons pas confier ce bébé à quelqu'un d'autre.

Elle se tourna vers lui, s'appuya contre la portière et croisa les bras.

— Dis-moi une chose.

DJ reporta son attention sur la route et hocha la tête.

— Si ce n'était pas le bébé d'Ethan…

— Le bébé *présumé* d'Ethan, corrigea DJ.

— Très bien. Le bébé présumé d'Ethan. Est-ce que tu chercherais une autre famille d'accueil ?

Elle vit ses lèvres se serrer et les muscles de sa mâchoire se tendre. Elle vit aussi l'instant précis où il prit sa décision.

— Non, répondit-il simplement.

— C'est bien ce que je pensais.

Peu importe ce que toi ou n'importe qui dans cette ville peut penser, je suis parfaitement capable de m'occuper du bébé de n'importe qui.

— Ce n'a jamais été la question.

DJ arriva au carrefour où il devait soit continuer vers chez lui, soit tourner vers chez elle. Après un coup d'œil dans le rétroviseur, il s'arrêta au milieu de la rue et se tourna vers Becky.

— Les gens parlent.

— Tu ne m'apprends rien.

— Si tu ne veux pas qu'ils recommencent avec tes sentiments pour Ethan…

— Sentiments *présumés*, corrigea-t-elle. Heureuse de voir cette fois un sourire apparaître sur le visage de DJ.

— D'accord. Tes sentiments présumés. Dans ce cas, il vaudrait peut-être mieux trouver une autre solution. Si je tarde à faire le signalement…

— N'y pense même pas.

Becky leva une main, paume tournée vers lui.

— D'abord, tu es un homme respecté et juste, Declan James Farraday. Ne commence pas à contourner les règles maintenant à cause de moi.

— Ce n'est pas…

— Et ensuite, reprit-elle sans le laisser finir, tu crois vraiment que le fait de refuser de me laisser m'occuper de cet enfant ne fera pas parler les gens ? Tu n'as tout de même pas vécu assez longtemps loin d'ici pour oublier que, dans cette ville, tout le monde se mêle de tout — et que, quand ce n'est pas encore le cas, les gens trouvent toujours un moyen pour que ça le devienne.

Bon sang, si c'était possible, ils me feraient déjà passer pour sa mère.

DJ ravala un sourire.

— J'imagine que c'est une bonne chose que tu n'aies pas pris de poids ces derniers temps.

— Tu vois.

Elle décroisa les bras et se tourna de nouveau vers l'avant.

— Ramène-nous à la maison.

CHAPITRE TROIS

Il n'avait fallu que quelques minutes pour décider que tout le monde se retrouverait chez Becky plutôt que chez Brooks et Toni. C'était la solution la plus logique. Quelle que soit la manière dont les choses tourneraient, il serait impossible de la protéger des commérages. La première chose que DJ déchargea fut le lit parapluie.

— Où veux-tu que je mette ça ?

— Je suppose que le mieux, c'est dans ma chambre.

Becky posa le siège-auto par terre et lui montra le chemin.

Jusqu'au mariage d'Adam et Meg, Becky avait vécu chez sa grand-mère Dorothy. Il lui avait fallu plusieurs semaines de discussions acharnées, non seulement avec sa grand-mère, mais aussi avec tout le Club social des dames de l'après-midi de Tuckers Bluff, avant d'obtenir leur bénédiction pour emménager seule. L'argument décisif était venu d'Adam, qui avait souligné combien ce serait pratique d'avoir quelqu'un de confiance installé au-dessus de sa clinique vétérinaire maintenant qu'il allait vivre avec Meg dans sa grande maison victorienne rénovée. Bien sûr, le loyer avantageux avait aussi joué en sa faveur.

Becky se précipita devant lui et poussa un vieux fauteuil à bascule pour dégager un coin de la chambre.

— Ici, ce sera parfait. Je vais chercher un couteau pour ouvrir la boîte.

— Pas la peine.

DJ sortit un couteau suisse de sa poche, trancha le ruban adhésif, puis vida le contenu du carton. Becky passa la main devant lui et, accroupie, ouvrit la housse qui entourait le lit plié. Son pantalon se tendit joliment sur ses fesses et DJ se surprit à prendre mentalement ses distances.

— C'est vraiment simple.

Elle repoussa la housse sur le côté et, en se redressant, déplia le lit en un seul geste.

— Intéressant.

Même si les dames de chez Sisters lui avaient assuré que ce modèle était ce qui se faisait de plus simple, DJ s'était attendu à tomber sur l'un de ces engins infernaux qui semblaient toujours exiger un diplôme d'ingénieur.

— Facile comme tout.

Elle leva les yeux vers lui avec un sourire, puis se pencha pour appuyer au centre, lui offrant une nouvelle vue sur un arrière-train étonnamment bien dessiné.

Les tenues médicales que Becky portait toujours au travail ne laissaient rien deviner de la silhouette qu'elles cachaient. En dehors de ça, elle portait le plus souvent de larges sweats et des jeans, l'uniforme officieux de toute personne vivant au pays des ranchs. Plus d'une fois au fil des ans, il avait surpris des bribes de conversation entre sa sœur et ses amies dans lesquelles Becky se plaignait d'avoir le corps d'un adolescent. À cet instant précis, DJ aurait été prêt à jurer sur une pile de bibles que rien, absolument rien, dans son anatomie, ne rappelait celle d'un adolescent.

— Tout ce qu'il nous reste à faire, dit Becky en enclenchant un côté, c'est vérifier que tout tient bien.

— Laisse-moi faire.

Reconnaissant d'avoir enfin quelque chose pour occuper ses mains, DJ prit le relais pour fixer les attaches. Même si Becky n'avait pas été amoureuse de son frère pendant presque toute sa vie, les pensées qui lui traversaient soudainement l'esprit étaient totalement déplacées. Becky était l'une des meilleures amies de sa sœur.

De sa petite sœur.

— Parfait.

Faisant volte-face, elle attrapa une autre partie du lit restée dans la housse.

— Maintenant, on ajoute ça.

— D'accord.

Il hocha la tête et se força à reporter son attention sur ce qu'ils faisaient.

— Là, ça devient plus clair.

Ensemble, ils enclenchèrent une section plus haute, glissèrent les tiges de maintien, puis ajoutèrent le matelas rembourré pour rendre le lit plus confortable.

— Il ne faut pas que ce soit trop moelleux.

Becky recula d'un pas, sourit, puis contempla le petit lit monté avec satisfaction.

— On s'est bien débrouillés.

Elle tendit brusquement la main et DJ la serra par réflexe. Sa paume était si douce, si légère dans la sienne, qu'il faillit retirer sa main aussitôt. Lorsqu'elle lui donna une seule franche poignée de main avant de se dégager, il resta partagé entre le soulagement et un étrange regret.

— Bon.

Elle frotta ses mains le long de ses cuisses et regarda autour d'elle.

— Je ferais mieux d'aller chercher Brittany.

— Oui. Bien sûr.

Sur ses talons, DJ traversa la petite pièce en jetant un regard distrait autour de lui. Ses yeux tombèrent sur le grand lit au centre de la chambre, couvert d'oreillers et encadré d'une vieille tête de lit en laiton. Son esprit s'aventura aussitôt sur un terrain où il n'avait rien à faire. La meilleure amie de ta petite sœur, se rappela-t-il fermement. Et il décida qu'aussitôt cette histoire de bébé réglée, il prendrait un jour de congé pour aller à Butler Springs.

Il était grand temps qu'il relâche un peu la pression.

Au milieu du salon, Becky se pencha pour sortir Brittany du siège-auto.

D'accord.

Beaucoup de pression.

Même si Becky ne faisait pas partie de la famille, tous les frères Farraday présents insistèrent pour qu'elle reste et prenne part à la discussion.

— Alors, qu'est-ce que tu en penses ? demanda Adam en tenant l'acte de naissance à la main. Est-ce que ça te paraît crédible, ou cette femme cherchait-elle simplement quelqu'un d'assez facile à berner pour lui refiler son bébé ?

— Aucune idée, répondit DJ en haussant une épaule fatiguée. Je ne l'ai pas vue.

— Ça ne veut rien dire. On ne juge pas quelqu'un sur sa tête, intervint Toni en serrant la main de Brooks. Et dans ce cas précis, pas plus une mère qu'un livre.

— Je ne crois pas qu'on ait besoin d'en savoir beaucoup plus pour conclure que, qui qu'elle soit, c'est une mère lamentable, déclara Meg en s'adossant à Adam. Une mère vraiment lamentable.

— Je ne suis pas sûr d'être d'accord.

Brooks posa sur la table la note qu'il venait de lire.

— J'ai vu beaucoup de femmes qui n'auraient jamais dû s'occuper de leurs enfants, qui n'en avaient pas envie, mais qui l'ont quand même fait. Et le résultat était souvent terrible. Si cette femme, quelle qu'elle soit, a laissé son bébé à une famille bienveillante, c'est peut-être la chose la plus courageuse qu'elle pouvait faire.

Becky n'aimait pas l'expression qui venait d'assombrir le visage de Brooks. Tuckers Bluff n'était pas le jardin d'Éden. De mauvaises choses arrivaient à de bonnes personnes. Mais elle était presque certaine que rien de ce qui se passait ici ne pouvait rivaliser avec ce que Brooks avait dû voir défiler aux urgences d'un grand hôpital de Dallas. Et elle soupçonnait que ces images-là venaient justement de lui revenir en mémoire.

— Qu'est-ce qu'il nous faudra pour connaître la vérité ? demanda Connor.

Plutôt que de demander à tante Eileen de garder Stacey et risquer de susciter trop de questions, Catherine était restée à la maison. À la façon dont Connor regardait ses frères et leurs femmes, Becky eut l'impression qu'elle lui manquait à ses côtés. C'était fou comme un homme pouvait changer une fois qu'il avait rencontré la bonne personne.

Pendant ce temps, Finn, le plus jeune frère, arrivé en

ville avec Connor, n'avait encore rien dit. Il avait lu la lettre et l'acte de naissance, puis les avait passés au suivant. Il avait écouté tous les commentaires et toutes les questions sans laisser paraître la moindre réaction.

La scène qui se déroulait devant elle donnait presque envie à Becky de rire. Tous les frères, qui mesuraient entre un mètre quatre-vingts et près d'un mètre quatre-vingt-quinze, étaient impressionnants. Les solides gènes Farraday s'étaient exprimés chez chacun d'eux. Impossible de nier leur parenté. Et même si Adam était l'aîné et Finn le plus jeune, depuis quelque temps déjà, c'étaient souvent les paroles de Finn qui faisaient pencher la balance. Becky avait le sentiment que cela ne changerait pas aujourd'hui.

— Si on laisse le comté s'occuper des analyses ADN, dit DJ, ça peut prendre six semaines. Ou plus.

Adam grimaça, Brooks acquiesça, Connor secoua la tête et Finn se contenta d'encaisser l'information.

— On pourrait passer par un labo privé, suggéra Brooks.

DJ hocha la tête.

— On pourrait. Mais contrairement à ce qu'on voit à la télé, les résultats ADN ne tombent pas le lendemain matin. Même en passant par le privé, il leur faudra plusieurs jours. Et les bons laboratoires, ceux qui peuvent aller vite, sont débordés.

— C'est vrai, soupira Brooks. Mais même si ça prend une semaine, ce sera toujours mieux que plusieurs mois.

Finn se tourna vers son frère, le chef de police.

— Tu as essayé de joindre Ethan ?

Les quatre autres frères se retournèrent d'un bloc vers lui. À leurs expressions vides, il était évident qu'aucun d'eux n'y avait pensé. Finn sortit son téléphone, balaya l'écran du doigt, consulta quelque chose, puis le rangea.

— Il a dit quelque chose au mariage, rappela Brooks en regardant Finn. Il parlait d'être bientôt injoignable.

— Je m'en souviens, répondit Finn de sa voix toujours calme, mais malgré tout, la personne la mieux placée pour nous dire s'il connaissait cette femme il y a onze mois, c'est encore Ethan.

Toutes les têtes acquiescèrent.

— Il est peut-être très tôt là où il se trouve, fit remarquer Meg.

Adam haussa les épaules avec un sourire.

— Ce n'est pas comme si les Marines faisaient la grasse matinée.

Meg eut un petit rire.

— Non. C'est vrai.

— Certainement pas, confirmèrent en chœur Connor et DJ, tous deux anciens Marines.

— Ce qui nous ramène à notre problème de départ.

DJ se pencha en avant, les avant-bras sur les genoux.

— La loi est la loi. Je dois signaler le bébé abandonné, et le seul moyen de garder la situation sous contrôle, c'est de la placer chez une famille d'accueil d'urgence agréée ici, en ville.

Becky leva la main et agita les doigts.

— En l'occurrence, ce serait moi.

— Vraiment ? lâcha Meg avant de porter une main à sa bouche. Désolée, c'est juste que…

— Ne t'en fais pas, la coupa Becky.

L'un des inconvénients à avoir l'air plus jeune que son âge, c'était que certaines personnes avaient du mal à croire qu'elle était capable d'assumer des responsabilités d'adulte. Le bon côté, se répétait-elle souvent, c'est que dans trente ans elle aurait peut-être encore l'air d'avoir dix ans de moins.

— Je prendrai ma revanche à quarante ans.

Meg eut un petit rire, quelques autres sourirent, et DJ reprit :

— Becky a changé d'adresse depuis qu'elle a obtenu son agrément, mais le principe d'une famille d'accueil d'urgence, c'est justement d'être prête à accueillir un enfant sans préavis. Et comme vous pouvez le constater, on vient de tout installer. Je trouve déjà assez injuste de lui imposer ça, à elle ou à qui que ce soit, pour une affaire qui concerne les Farraday…

— Si tant est que ce soit vraiment une affaire Farraday, l'interrompit Adam.

— Exactement, reprit DJ. Et c'est bien là tout le problème.

— On ne pourrait pas simplement emmener le bébé au ranch et dire au comté qu'elle est chez Becky ? proposa Toni. Enfin, si ce qui t'inquiète, c'est de ne pas l'avoir là-bas.

— Je ne suis même pas sûr d'avoir envie qu'elle soit au ranch.

DJ se pencha un peu plus en avant et, comme dans une scène des *Sept Femmes de Barbe-Rousse*, la comédie musicale que leur mère aimait tant qu'elle y avait puisé les prénoms de ses fils, les autres frères l'imitèrent presque au même instant.

— À vrai dire, je ne suis même pas certain de vouloir en parler à Papa et à tante Eileen tant qu'on n'en sait pas plus.

— Elle nous passera un savon monumental pour lui avoir caché ça, déclara Connor en se renfonçant dans son siège. Et pas qu'un peu.

DJ acquiesça.

— Je sais. Mais vous avez vraiment envie qu'elle s'attache à un nouveau bébé, puis qu'on doive le lui enlever ?

— Donc tu penses que cette femme ment ? demanda Adam.

— Ce n'est pas la question, soupira Brooks. Tante Eileen va aussi se mettre à imaginer combien d'autres petits-enfants Farraday Ethan a pu semer sans qu'on le sache. Et elle va se rendre malade à force d'y penser.

— Voilà, dit DJ. Sans compter qu'on n'a pas besoin que le comté débarque à l'improviste et trouve le bébé ailleurs que chez Becky.

— Qu'est-ce qu'ils pourraient faire ? demanda Connor.

Finn se pencha légèrement en avant.

— Peu importe. On fait les choses correctement. Becky garde le bébé.

Il inclina le menton dans sa direction.

— Merci.

Elle lui sourit en retour.

Quel homme gentil.

— Mais il faut aussi prévoir autre chose, poursuivit Finn. Les bébés demandent énormément d'attention, et Becky travaille à plein temps. Un travail qui exige aussi qu'elle dorme un minimum la nuit.

Trop absorbée par le bébé — le bébé d'Ethan — Becky n'avait pas vraiment pris le temps de mesurer à quel point s'occuper d'un nourrisson n'avait rien à voir avec garder sa petite cousine éloignée.

— Je pourrais peut-être retourner vivre quelque temps chez Grand-mère.

Elle n'en avait absolument aucune envie, mais elle devait aussi rester réaliste.

— On ne va certainement pas te chasser de chez toi, dit Adam en secouant le premier la tête. Puis il jeta un regard à Meg, qui haussa les épaules. Ça te dérangerait si l'un d'entre nous dormait sur ton canapé ?

— Eh bien…

Elle jeta un coup d'œil à son canapé d'occasion. Il était confortable pour elle, mais elle avait du mal à imaginer Adam ou Brooks, tous deux largement au-dessus du mètre quatre-vingts, s'y reposer correctement. Cela dit, elle savait aussi qu'il vaudrait mieux se relayer la nuit si quelqu'un voulait dormir un peu.

— Je suppose que ça ira.

Brooks et Toni échangèrent un long regard silencieux, et Becky eut l'impression d'attendre de voir qui allait tirer le mauvais numéro. Qui allait devoir bouleverser sa vie pour l'aider avec le bébé. Une grande partie d'elle avait envie de dire qu'ils n'avaient pas à s'en faire, qu'elle s'en sortirait très bien. Mais la vérité, c'était qu'elle n'avait aucune idée de la façon dont elle gérerait tout ça seule.

— Il se trouve que j'ai mes entrées auprès du patron de Becky, dit Meg avec un sourire. Un type très bien. Je pense qu'on peut raisonnablement dire que le bébé pourra rester à la clinique pendant la journée. Comme ça, tout le monde pourra aider. Moi, je n'ai pas vraiment besoin de rester au bed and breakfast une fois le petit-déjeuner terminé.

— Bien sûr que si, protesta Toni. Tu ne vas pas laisser les clients se promener sans personne sur place.

Meg secoua la tête.

— Je n'ai qu'un seul couple en ce moment, et ils passent leurs journées à courir les antiquaires.

— L'idée, intervint Finn, c'est surtout que nous sommes tous prêts à donner un coup de main. Mais franchement, si cette affaire traîne, ça va devenir difficile pour moi de quitter le ranch sans que tante Eileen et Papa se mettent à poser des tas de questions.

— Pareil pour moi, dit Connor.

— Meg a raison, conclut Adam avec un clin d'œil à sa femme. Le bébé peut venir à la clinique. Ce ne sera pas un problème. Et on peut te relayer le matin si tu as besoin de dormir davantage. En revanche, faire dormir Connor ou Finn ici, ça ne marchera pas du tout.

Becky hocha la tête. Tout cela devenait un peu plus compliqué qu'elle ne l'avait imaginé au départ.

Le seul qui ne s'était pas encore vraiment prononcé, c'était DJ. Il était resté plutôt silencieux jusque-là. Son regard glissa vers la porte de la chambre où dormait le bébé. Le silence fut interrompu par de petits bruits qui indiquaient clairement qu'elle n'allait pas rester endormie encore bien longtemps. DJ se tourna vers Becky.

— Je n'avais que six ans quand Grace est née, mais je me souviens très bien d'avoir croisé tante Eileen dans le couloir en pleine nuit… et de la voir ensuite l'air complètement épuisé toute la journée.

— Papa traversait une mauvaise passe. Il n'a pas été d'une grande aide pendant les premiers mois, rappela Adam.

Le regard de DJ retourna vers la chambre, d'où les petits pleurs se faisaient plus insistants.

— Elle va se réveiller toutes les quelques heures, pas vrai ?

— C'est le principe, répondit Becky. On la nourrit, on la change, et elle se rendort.

Elle se rapprocha un peu de la porte, impatiente de reprendre le petit paquet dans ses bras, tout en sachant que plus Brittany dormirait longtemps entre deux biberons, mieux ce serait pour tout le monde.

— Tu vas avoir besoin d'aide quand elle se mettra à hurler à deux heures du matin.

DJ ne posait pas la question. Il affirmait un fait.

— Elle fera peut-être ses nuits.

Et puis quoi encore.

— Non.

DJ secoua la tête et se leva.

— Jusqu'à ce que la paternité soit établie de manière certaine, et d'une façon qui satisfasse aussi le comté, on dirait bien que tu vas avoir un colocataire.

CHAPITRE QUATRE

Dans quoi DJ s'était-il embarqué, bon sang ?

Pendant un moment, toute la famille se laissa complètement distraire par le bébé, désormais bien réveillé et affamé, qu'on se passait de bras en bras. Meg était persuadée qu'elle avait déjà le menton bien marqué des Farraday. Toni, elle, soutenait que ses yeux bleus pouvaient tout aussi bien être ceux de n'importe lequel des frères — ce qui les mit tous, mariés ou célibataires, légèrement mal à l'aise.

Tandis que tout le monde faisait semblant qu'avoir un bébé au milieu du salon n'avait rien d'extraordinaire, DJ en profita pour filer chez lui récupérer des vêtements de rechange et de quoi passer la nuit. Autant Becky apprécierait sans doute son aide au beau milieu de la nuit, autant il doutait qu'elle ait envie de le voir se promener en caleçon.

Son sac prêt avec quelques affaires indispensables, il passa rapidement un coup de fil à son frère aîné.

— Quoi ?

— Charmante façon de répondre au téléphone.

— Ne me cherche pas. Si c'est une mauvaise nouvelle, accouche.

— Non. Je voulais juste savoir qui est encore chez Becky et si j'ai le temps de passer au poste.

— Ah oui, tout le monde est toujours là.

Le ton brusque d'Adam s'adoucit, teinté d'une pointe d'amusement.

— On a décidé que Brooks était celui qui avait le plus urgemment besoin d'une formation accélérée sur les bébés. Il en est à sa deuxième couche.

— Pourquoi la deuxième ?

— Ne pose pas la question, répondit Adam en éclatant de rire.

— D'accord. Je fais juste un saut et j'arrive.

— Prends ton temps. Personne n'a l'air pressé.

En raccrochant, DJ se dit que ce n'était probablement pas plus mal. Becky recevait toute l'aide dont elle avait besoin pour l'instant. Quand il arriverait chez elle, ce serait à son tour de devenir le deuxième frère Farraday officiellement inscrit au stage de survie spécial nourrisson. Tout ce qu'il savait des bébés commençait et s'arrêtait aux gestes d'urgence qu'il avait appris au service. Mais au fond, changer une couche, ça ne devait quand même pas être bien sorcier.

En se garant devant le poste, il balaya la rue du regard.

Une nuit calme. Comme la plupart des nuits dans cette ville.

La plupart du temps, il ne se passait absolument rien. C'était d'ailleurs pour ça que les appels d'urgence après minuit arrivaient directement sur le portable de l'agent de garde. Cette nuit-là, Reed patrouillait dans le secteur. Un bon gars. DJ avait eu de la chance de réussir à attirer quelqu'un d'aussi futé dans la minuscule police de Tuckers Bluff.

S'il voulait identifier le fier papa, il ferait mieux de s'y mettre. Rester assis dans sa voiture à observer une rue déserte n'allait pas lui apprendre quoi que ce soit de nouveau sur Brittany.

À l'intérieur, une seule lumière éclairait l'open space. La cafetière était éteinte, mais encore chaude. Reed avait dû passer récemment. Une fois assis derrière son bureau, DJ alluma l'ordinateur. Il consulta une liste de laboratoires privés spécialisés dans les tests ADN, parcourut les fiches, les évaluations et les plaintes, mais arrivé au bas de la page, il n'avait toujours pas la moindre idée de celui à qui il pouvait confier une analyse rapide et fiable.

Tout en continuant à faire défiler les recherches, il sortit son téléphone et composa le seul numéro qui, il en était sûr, lui apporterait des réponses.

On décrocha à la deuxième sonnerie.

— Tu peux vraiment pas vivre sans moi ?

— Oui, c'est ça. Dis à Sharla de faire ses valises, vous venez vous installer au Texas.

Luke « Brooklyn » Chapman ricana à l'autre bout du fil.

— Je n'ai pas réussi à la convaincre de me suivre à Hawaï, alors le Texas n'a strictement aucune chance.

Cette fois, ce fut DJ qui rit.

— Tu n'as peut-être pas tort.

La voix de Brooklyn se fit plus sérieuse.

— Qu'est-ce qu'il y a ?

— J'ai besoin de prouver — ou d'écarter — une paternité. Et vite.

— Je vois.

Brooklyn marqua une pause.

— Toi ?

— Ce serait trop simple. Ethan.

Un autre silence.

— Le dernier d'entre nous encore chez les Marines.

— Le pilote, se rappela Brooklyn. Mère enceinte ou bébé déjà né ?

— Bébé.

— Et la mère n'a pas d'objection à un test de paternité ?

— Aucune idée. Elle a laissé le bébé sur mon pas de porte.

— Le tien ?

— J'imagine que voler jusqu'au Moyen-Orient lui paraissait un peu compliqué.

Même si, au fond, si ce bébé était bien celui d'Ethan, DJ devait plutôt s'estimer heureux que la mère ait pris la peine de l'amener jusqu'au Texas au lieu de l'abandonner sur le premier perron venu.

— J'ai besoin d'un labo sérieux qui puisse traiter l'ADN au plus vite. Le comté mettra des plombes et, franchement, si c'est la fille d'Ethan, je préfère garder tout ça le plus possible hors des bases de données.

— Je te comprends. Qu'est-ce que tu attends de moi ?

— Tu as des contacts dans un labo privé capable de faire passer ça en urgence ?

— Bien sûr. Tu as les prélèvements ?

— Pour le bébé, oui, aucun problème. Pour Ethan… peut-être pas. J'ai pensé aller voir au ranch s'il a laissé une brosse à cheveux ou une brosse à dents quand il est revenu pour le mariage d'Adam.

— Et si tu ne trouves rien, il y a toujours le dépôt.

DJ ravala un sourire. Si Brooklyn pouvait accéder au dépôt ADN du Département de la Défense pour les militaires, il était encore mieux introduit que DJ ne l'avait imaginé.

— Je te tiens au courant.

— Attends-toi à recevoir les instructions pour l'envoi des échantillons. Je m'occuperai du reste.

— Merci, j'apprécie.

— Pas de problème. Et si jamais tu te lasses de la chaleur du Texas, on a de belles brises marines, de jolies filles, et besoin de types qui ont ton flair.

— C'est bon à savoir. Je garde ça en tête.

Brooklyn éclata de rire.

— En clair : inutile que je retienne mon souffle. Elle ressemble à quoi ?

— Pardon ?

— Je sais que tu es très famille, mais quand un type refuse aussi vite les plages et les jolies filles, il n'y a généralement qu'une seule explication valable.

— Désolé de te décevoir. Il n'y a aucune femme dans ma vie.

Vu la façon dont il avait remarqué Becky ce soir-là — non plus comme la gamine de plus dans la maison ou l'adolescente éprise qui suivait Ethan partout comme un chiot attendri, mais comme une femme séduisante — DJ avait clairement besoin d'avoir sa propre femme dans sa vie.

— Hum. Si tu le dis.

L'image de Becky berçant Brittany tout en lui demandant s'il pensait qu'Ethan pourrait rentrer lui revint en mémoire. N'importe quel homme tuerait pour qu'une femme belle et intelligente comme elle lui soit aussi dévouée. Et pourtant, Ethan n'avait jamais montré le moindre intérêt pour Becky autrement que comme pour une petite sœur de plus.

Comment son frère avait-il pu devenir un pareil crétin ?

— Ils devraient vraiment penser à mettre une petite marque de chaque côté pour qu'on sache où fixer les attaches.

Toujours hilare après ses multiples tentatives pour faire tenir correctement la couche sur le minuscule bébé gigoteur, Brooks posa la main dans le dos de sa nouvelle épouse et la guida devant lui.

— Au moins, la dernière lui va, et maintenant elle dort paisiblement.

— Tu t'en es très bien sorti.

La main sur la bouche, Becky faisait de son mieux pour contenir son rire. Elle n'aurait jamais imaginé que changer une couche puisse se révéler aussi épique.

— Menteuse, lança Toni en riant elle aussi. Il va falloir que je l'amène s'entraîner encore, ou alors que j'achète des actions chez Procter & Gamble.

— Hé !

Adam leva les deux mains, paumes en l'air, dans un haussement d'épaules impuissant.

— Ce n'est quand même pas notre faute si personne n'a jamais demandé aux gars de garder les enfants. Vous, les filles, vous partez avec une longueur d'avance.

— Tu es en train de dire qu'on est simplement meilleures avec les bébés ?

Meg, mariée à Adam depuis seulement quelques mois, le regarda avec une patience redoutable.

Adam secoua la tête et adressa un sourire prudent à sa femme.

— Toi, ma chère, tu es brillante en tout.

— Trouillard.

Meg se pencha pour l'embrasser sur la joue.

— Mais je t'aime quand même.

Derrière le dos de sa femme, Brooks adressa un pouce

levé à son frère aîné, et Becky faillit éclater de rire. Voir ces deux hommes passer du statut de célibataires les plus convoités de la ville à celui de maris dévoués était… attendrissant. Les voir pédaler à reculons toute la soirée pour sauver leur vie sexuelle, en revanche, relevait du pur spectacle.

Des pas dans l'escalier résonnèrent jusque dans l'appartement.

Déjà près de la porte, Brooks l'ouvrit en grand et laissa entrer DJ.

— On se demandait si tu allais revenir avant le prochain changement de couche, lança Adam en venant se placer à côté de Brooks. Nous, on s'en va justement.

— Finn et Connor sont déjà partis ?

DJ laissa tomber son sac de sport près de l'entrée.

— Oui, répondit Adam. Ils sont sortis juste après toi. Les corvées du matin n'attendront pas que les problèmes de famille se règlent tout seuls.

— Ça, c'est sûr.

DJ embrassa ses belles-sœurs sur la joue et donna une tape dans le dos de ses frères aînés. Une fois la porte refermée derrière les derniers visiteurs, il ramassa son sac.

— Je peux mettre ça où ?

Becky jeta un coup d'œil autour du petit appartement. Pendant que les autres s'occupaient de la couche et faisaient chauffer le biberon de Brittany, elle avait pris quelques minutes pour lui faire de la place.

— Pour l'instant, pose-le n'importe où. J'ai vidé quelques tiroirs pour toi, comme ça tu n'auras pas à vivre dans ton sac. Quand le bébé se réveillera, on t'installera.

Les yeux de DJ s'arrondirent légèrement avant qu'il ne hoche la tête.

— Je ne veux pas t'encombrer.

— Tu ne m'encombres pas du tout. Ça faisait un moment que j'avais besoin de faire du tri. Enfin, combien de tee-shirts une fille peut-elle vraiment posséder ?

— Question piège ? demanda-t-il avec un sourire.

Becky secoua la tête.

— Je ne savais pas non plus de combien de place tu

aurais besoin dans la salle de bains. Elle n'est pas très grande, mais…

— Un endroit pour poser ma brosse à dents me suffira.

Prenant les devants dans le couloir, elle s'arrêta au placard à linge pour attraper une serviette, puis continua jusqu'à la salle de bains en essayant d'ignorer la sensation très nette d'un homme grand et solidement bâti juste derrière elle. Depuis son emménagement, elle n'avait reçu presque personne. Certainement pas d'homme. Et le simple fait de savoir qu'un Farraday de plus d'un mètre quatre-vingt-dix se tenait dans son dos donnait soudain à son appartement, d'ordinaire plutôt spacieux, une impression d'étroitesse troublante.

Debout dans l'encadrement de la porte, elle désigna le côté gauche du lavabo.

— Comme je te l'ai dit, je ne savais pas de combien de place tu aurais besoin. J'espère que ça ira.

DJ examina l'espace minuscule, puis lui adressa un large sourire qui fit briller ses yeux d'un bleu de nuit saisissant.

— Tu es vraiment formidable. Merci.

La chaleur lui monta immédiatement aux joues. Ce n'était pas comme si elle n'avait jamais entendu des mots semblables auparavant. Mais quand ils venaient de sa grand-mère ou de son patron, ils n'avaient jamais la même… saveur.

Soudain à court de mots, elle se retourna et désigna le salon.

— Tu n'as presque rien mangé tout à l'heure…

— Toi non plus.

Ces yeux bleus étincelants pesaient sur elle. Comme Ethan et Adam, DJ la dépassait d'au moins trente centimètres, et tous trois avaient les yeux bleus. Seuls Brooks et Grace avaient hérité du vert irlandais. Mais, d'une manière ou d'une autre, il ne lui semblait pas que le bleu d'Ethan ait jamais eu cette intensité-là. Si quelqu'un lui avait affirmé que DJ pouvait lire dans ses pensées avec ses grands yeux bleus, elle l'aurait presque cru.

— Je n'avais pas très faim, à ce moment-là.

— Mais maintenant, oui ?

Elle hocha la tête. Plus tôt dans la soirée, Brooks était arrivé avec quelques pizzas préparées par sa femme, en décrétant que les réunions de famille sérieuses exigeaient de la nourriture réconfortante. Becky n'avait alors guère eu envie de manger. À présent que les choses s'étaient un peu calmées, son estomac réclamait son dû.

— Je te réchauffe une part ?

— Ou deux.

Son sourire s'élargit, et Becky faillit trébucher sur ses propres pieds.

— Doucement.

Des doigts puissants se refermèrent autour de son bras, et les yeux jusque-là pétillants d'amusement s'assombrirent, chargés d'inquiétude et de… quelque chose d'autre qu'elle n'arrivait pas tout à fait à définir.

— Tu ferais mieux de t'asseoir. Je vais réchauffer la pizza.

— Je peux…

Il relâcha un peu sa prise et secoua la tête.

— Tu as travaillé toute la journée et tu t'es occupée d'un bébé toute la soirée. Je suis capable de réchauffer une pizza, promis.

Il recula d'un pas, lentement, sans bouger davantage avant qu'elle n'acquiesce et ne s'assoie sur le canapé.

Une sensation étrange vibrait encore dans son bras, jusqu'au bout de ses doigts. Elle secoua légèrement la main, se disant que ses bras n'étaient probablement pas habitués à porter un bébé pendant des heures.

— Tu trouves tout ce qu'il te faut ?

La cuisine ouverte lui permettait de garder facilement un œil sur DJ et sur la télévision, même si elle ne regardait pas vraiment cette dernière.

— Qu'y a-t-il à trouver ? répondit-il en attrapant la pile de serviettes en papier. Les assiettes, les serviettes… et le four ne risque pas de se cacher.

Elle rit de son sens de l'humour, un côté de lui qu'elle avait rarement eu l'occasion de voir.

— Tu veux quelque chose à boire ?

Elle s'apprêtait à se lever.

— Ne bouge pas. Qu'est-ce qui te ferait plaisir ?

Elle se rassit doucement.

— Un simple verre d'eau, ce serait parfait.

— Un verre d'eau, ça arrive.

Quelques secondes plus tard, il apparut devant elle. Un torchon posé sur l'avant-bras, il lui présenta l'assiette en carton et le gobelet en plastique avec le raffinement d'un maître d'hôtel dans un restaurant chic.

— Merci.

Elle mordit dans la part encore chaude et laissa échapper un petit gémissement de pur plaisir.

— Oh… wow.

— Oui, fit DJ en s'asseyant dans le fauteuil voisin. Je sens qu'avec Toni dans la famille, beaucoup d'entraînements supplémentaires nous attendent.

— Mmmh.

Becky mâcha un autre morceau délicieux.

— Ils ont l'air vraiment heureux.

DJ avala sa bouchée.

— C'est un peu déstabilisant de s'habituer, non pas à une, mais à deux nouvelles sœurs… bientôt trois.

— J'aime bien la façon dont vous faites ça.

— Comment ça ?

— J'ai remarqué que toi et les autres parlez souvent de Meg et Toni non pas comme de belles-sœurs, mais comme de vraies sœurs.

— Eh bien, c'est ce qu'elles sont.

Il haussa les épaules et reprit une bouchée.

— En tout cas maintenant. Elles sont tout autant des Farraday que l'était ma mère.

— J'aurais aimé avoir eu la chance de la connaître.

Le visage de DJ se fit plus grave.

— Certains jours, je me demande à quel point les choses auraient été différentes si elle n'était pas morte. Enfin… on a eu une belle vie. Tu le sais.

— Oui, je le sais, répondit Becky doucement.

— Tante Eileen a été merveilleuse, mais je me demande quand même ce qui se serait passé si maman avait été là.

Est-ce qu'on serait différents ? Est-ce qu'on aurait choisi d'autres métiers, fait d'autres choix ?

Becky réfléchit un instant.

— Je parierais que non. Pas tant que ça.

— Pourquoi ?

Il posa son assiette devant lui.

— Prends ce bébé, par exemple. Elle va grandir dans une petite ville, entourée d'une immense famille, avec du soutien affectif à revendre et plein de valeurs traditionnelles. Si elle était élevée en grande ville, sans famille autour et dans un environnement beaucoup plus permissif, elle deviendrait quelqu'un de complètement différent.

— Et où veux-tu en venir ?

— Je pense que ton éducation n'aurait pas été si différente avec ta mère. Peut-être qu'elle aurait géré une situation ou deux autrement que ta tante, mais tu aurais quand même grandi dans un ranch, avec des corvées, une famille et des responsabilités. Les enfants développent leurs valeurs fondamentales et leur caractère très tôt. Quand ta mère est morte, tu avais… ?

— Six ans.

— Tu étais déjà en train de devenir toi-même.

DJ reprit son assiette.

— Brooks a raison. On devrait remercier cette femme d'avoir amené Brittany jusqu'ici au lieu de l'abandonner ailleurs.

— Vu qu'on n'habite pas exactement au coin de la rue par rapport à San Diego, oui, absolument.

Becky prit une autre part.

— Tu as toujours voulu être flic ?

— Je voulais être un Indien, répondit DJ avec un sourire de gamin. Mais la paie n'était pas fameuse.

— Ha ha. Cowboys et Indiens.

Becky secoua la tête.

DJ fit tenir son assiette vide sur son genou.

— En fait, pas toujours. Pendant des années, je me suis dit que je serais éleveur comme Papa. Puis, à l'adolescence, l'armée est devenue un devoir au même titre que le ranch.

Et après ça, les choses se sont enchaînées assez naturellement. Et toi ? Aucun rêve de devenir danseuse étoile ? Première femme présidente ?

— Oh, elle est bien bonne.

Becky faillit s'étrangler de rire.

— Avec mes deux pieds gauches, je n'aurais pas tenu une semaine sur scène. Quant à devenir la première femme présidente, ça, c'est plutôt le genre de rêve de Grace. Moi, j'ai toujours préféré les animaux. Si j'avais ramené un seul animal errant ou blessé de plus à la maison, mes parents auraient fini par me vendre à une troupe de gitans.

— Tante Eileen a probablement dû dire ça une ou deux fois à propos d'Adam.

— On était faits pour s'entendre.

Pendant une fraction de seconde, Becky crut voir les yeux de DJ se plisser et s'éclairer tout à la fois, avant qu'une expression plus neutre ne retombe sur son visage avec un simple hochement de tête. Ne sachant trop quoi faire du poids inattendu qui semblait s'être installé entre eux, elle se leva et tendit la main vers son verre vide.

— Laisse-moi…

— Est-ce que tu… ?

Les grands esprits se rencontrent.

DJ se leva lui aussi et tendit la main au même moment. Leurs doigts se frôlèrent de part et d'autre du verre.

Un même sourire s'épanouit sur leurs lèvres, et Becky fut la première à lâcher prise.

— À mon tour d'aller chercher les boissons.

— Je ne savais pas qu'on prenait des tours.

— Je croyais que c'était pour ça que tu étais là.

L'un des sourcils de DJ se leva plus haut que l'autre, et Becky décida que c'était sans doute le sourcil le plus sexy qu'elle ait jamais vu. Aussitôt, elle ravala ses pensées et reprit ses distances. C'était une chose de s'extasier sur les gènes Farraday entre filles un vendredi soir. C'en était une autre quand l'un de ces Farraday se tenait à deux pas de vous et que chaque contact faisait picoter le bout de vos doigts.

Les premiers bruits du réveil de Brittany leur parvinrent

depuis la chambre, et DJ resserra sa prise sur l'assiette en papier qu'il tenait encore.

— On attend combien de temps ?

— Encore un peu. Elle ne fait que s'agiter. Mieux vaut la laisser dormir aussi longtemps que possible. Comme ça, elle finira plus vite par faire ses nuits.

Empilant l'assiette de Becky sur la sienne, DJ se dirigea vers la cuisine. Les plaisanteries avaient cessé. L'homme décontracté caché derrière l'uniforme, celui dont elle avait commencé à entrevoir un peu plus la personnalité, avait disparu. À sa place se tenait l'homme mû par le devoir. Celui qu'elle connaissait depuis presque toute sa vie d'adulte.

Plusieurs minutes passèrent avant que Brittany ne se fasse entendre à nouveau, cette fois un peu plus fort.

— Maintenant ? demanda-t-il.

— Oui, murmura Becky.

— Prête ?

Déjà debout, DJ redressa les épaules.

— Non.

Il secoua la tête et inspira profondément.

— Mais depuis quand est-ce que ça a déjà changé quoi que ce soit ?

CHAPITRE CINQ

Pas de quoi s'inquiéter, se répétait DJ.

Il pouvait gérer ça. Il pouvait survivre à quelques jours de promiscuité avec la belle jeune femme amoureuse de son frère, et il pouvait certainement s'occuper d'un petit bébé.

Enfin… voilà précisément le problème.

Brittany était si minuscule. Sauter d'un hélicoptère en plein vol ou maîtriser un suspect en pleine crise sous l'effet de la drogue lui paraissait presque préférable à manipuler un être aussi fragile.

— Et si je lui fais mal ?

Becky lui sourit et passa devant lui pour entrer dans la chambre et se diriger vers le lit parapluie.

— Elle est plus solide qu'elle n'en a l'air. Laisse-moi juste lui changer sa couche rapidement.

Brittany geignait de plus en plus fort pendant que Becky retirait la couche mouillée et en attachait une propre avec une dextérité impressionnante. Elle rabattit ensuite d'un geste rapide le pyjama sur les pieds qui s'agitaient, puis prit la petite contre son épaule.

— Le truc, c'est de toujours garder une main sous sa tête et de la blottir contre toi tout de suite.

DJ acquiesça et suivit Becky jusqu'à la cuisine. Tout en marchant, elle faisait de petits bruits apaisants au bébé et lui tapotait doucement le dos. Au début, cela sembla marcher, mais lorsqu'ils atteignirent la cuisine, Brittany se tortillait déjà dans tous les sens en miaulant comme un chaton furieux.

— Tiens.

Becky pivota et, d'un geste aussi rapide que sûr, lui

tendit le bébé.

— Prends-la pendant que je fais chauffer le biberon.

Alors que Becky tenait le nourrisson avec assurance entre ses deux mains, DJ était à peu près convaincu qu'il pourrait écraser cette minuscule créature avec une seule des siennes.

— Je devrais peut-être plutôt faire chauffer le biberon. Qu'est-ce qu'il faut faire ?

— Pas du tout. Tends les mains.

Comme un bon Marine habitué à exécuter les ordres, il fit ce qu'on lui disait. Il tendit les mains devant lui, paumes vers le haut, en se demandant une fois de plus ce qui lui avait pris de s'engager dans cette mission. L'instant d'après, le léger petit corps du bébé reposait entièrement sur ses paumes.

— Tu vois ? Ce n'était pas si compliqué. Balance-la doucement, berce-la… ou, si tu préfères, tiens-la contre toi. J'en ai pour une seconde avec ce biberon.

Ne sachant pas très bien comment rapprocher le bébé de lui sans risquer de l'étouffer contre son épaule, DJ se retrouva à garder les bras tendus devant lui tout en la berçant de haut en bas. Deux petits yeux plissés s'ouvrirent alors tout grands pour le fixer. Brittany semblait presque aussi surprise d'être dans ses bras que lui de l'y trouver.

— Salut, toi, murmura-t-il, incapable de trouver autre chose à dire.

— Tu te débrouilles très bien, lança Becky par-dessus son épaule.

— Tu crois ?

Sans quitter le bébé des yeux, il ajouta :

— Tu es vraiment gentille avec moi.

— Continue à lui parler. Tu as une voix très apaisante.

— Ah oui ?

Il tourna la tête vers Becky juste à temps pour voir ses joues se colorer d'un rouge vif.

— Je veux dire… pour le bébé.

— Ah. Bien sûr.

Évidemment. C'était idiot de sa part de s'imaginer avoir le moindre effet sur Becky. La jeune femme était amoureuse d'Ethan corps et âme.

Becky revint vers lui, le biberon à la main.

— Tu veux la nourrir ?

Il secoua la tête avec un peu plus de vigueur qu'il n'aurait dû.

— Je crois que je vais d'abord te regarder faire.

Ses épaules tremblèrent sous un rire silencieux.

— D'accord. Mais ce n'est vraiment pas compliqué.

Elle reprit Brittany dans ses bras, la cala au creux de son coude, puis effleura ses lèvres avec la tétine du biberon.

La petite bouche s'y accrocha aussitôt, et ses joues rebondies se mirent à bouger tandis qu'elle engloutissait goulûment son dîner tardif.

— Ce n'est pas comme si je n'avais jamais vu un petit animal téter sa mère, ni donné le biberon à un veau ou à un poulain, mais ça… ça, c'est incroyable.

Il avait déjà vu des bébés nourris au biberon au cours de sa vie, plus d'une fois même, mais jamais il n'avait vraiment pris le temps de regarder d'aussi près.

— Je sais. On ne s'en lasse jamais.

Tandis que Becky observait le nourrisson avec une telle tendresse, deux pensées traversèrent l'esprit de DJ.

Premièrement, comment diable la mère de ce bébé avait-elle pu l'abandonner dans une fichue boîte sur un pas de porte, protégée par rien d'autre qu'un chien errant ?

Et deuxièmement, pourquoi fallait-il qu'une femme aussi extraordinaire offre son cœur à son frère ?

La scène qui s'était déroulée sous les yeux de Becky avait été si douce, si touchante, si adorable qu'elle avait pris bien plus de temps que nécessaire pour préparer le biberon. Elle n'arrivait toujours pas à décider lequel des deux lui avait paru le plus émerveillé : DJ avec le bébé, ou le bébé avec DJ.

Ils avaient tous les deux été fascinés.

Brittany, avec sa petite bouche formant un o parfait et

ses yeux bleu cristal suivant le moindre mouvement de DJ.

Et DJ, dont tout le corps accompagnait le mouvement de ses bras tandis qu'il se balançait doucement, la voix devenue basse, tendre, presque chantante.

C'était presque trop attendrissant de voir un homme aussi dur en apparence manipuler un si petit nourrisson avec autant de précautions. Becky n'aurait jamais cru trouver autant de douceur chez quelqu'un comme DJ. Il donnait toujours l'image du dur à cuire. Sans doute à cause de l'uniforme. Et de cette force tranquille qu'il dégageait.

Quelle que soit la femme qui finirait par mettre la main sur ce frère Farraday, elle aurait de très agréables surprises une fois la lumière éteinte.

Bon sang.

D'abord, elle s'était mise à remarquer des sourcils sexy, et maintenant son imagination lui servait des nuits torrides entre draps froissés. Seigneur, il fallait vraiment qu'elle se reprenne.

Et qu'elle sorte avec quelqu'un.

Pour de vrai.

Si seulement Ethan rentrait enfin à la maison… et y restait. Peut-être qu'alors, elle finirait par attirer son attention.

Elle baissa les yeux vers le bébé dans ses bras et se dit que, quelle que soit la mère de Brittany, elle devait probablement avoir une silhouette de rêve. Après tout, elle n'avait visiblement eu aucun mal à attirer l'œil d'Ethan.

— Ça va ?

DJ la regardait en fronçant légèrement les sourcils.

— Oui, ça va.

— Tu as arrêté de sourire.

— Je souriais ?

Il hocha la tête.

— Je réfléchissais, c'est tout.

— Oui. Ma mère appelait ça "contempler l'immortalité du crabe".

Adossé au mur, les chevilles croisées, il dégageait ce charme si typiquement Farraday.

— J'espère toujours que mon téléphone va sonner et

m'apprendre qu'Ethan a enfin répondu à l'un de mes nombreux messages et qu'il peut remettre un peu d'ordre dans tout ça.

Becky acquiesça.

Elle ne communiquait pas souvent avec Ethan. Juste assez pour garder le contact, et pas assez pour alimenter les rumeurs en ville. Mais même elle savait qu'il était hors ligne. Récemment, Ethan avait prévenu la famille qu'il risquait de rester quelque temps sans accès à une connexion correcte. Becky savait que c'était une façon codée de dire qu'il avait du travail, une mission, ou quel que soit le terme employé par l'armée quand il s'agissait de voler vers des endroits dangereux avec d'autres hommes courageux — et, avec un peu de grâce divine, de ramener tout le monde sain et sauf.

Mais ce n'était pas le moment de s'attarder là-dessus.

En réalité, il n'y avait jamais de bon moment pour penser aux gens qu'on aime quand ils sont en danger.

Elle retira le biberon du petit paquet qu'elle tenait contre elle, posa un lange sur son épaule, puis y installa Brittany avant de se lever et de lui tapoter doucement le dos.

— Tu veux essayer l'étape suivante ?

— L'étape suivante ?

— Les bébés doivent faire leur rot pour éviter d'avoir mal au ventre, puis ils finissent de boire.

Elle s'approcha de lui.

— Avoir mal au ventre ? répéta DJ avec un sourire. C'est le terme médical officiel, ça ?

Becky lui rendit son sourire.

— Absolument.

Sans lui laisser le temps de trouver une excuse, elle glissa le lange à rots hors de sous le bébé, le posa sur l'épaule de DJ et, plus vite qu'il ne l'aurait cru possible, lui passa Brittany dans les bras.

— À toi. Fais comme si c'était un ballon de football.

Les bras croisés, Becky s'efforça de ne pas sourire devant l'expression médusée de DJ quand il comprit qu'il avait bel et bien récupéré le bébé. Son regard passa du nourrisson à son épaule, puis revint au nourrisson avec un air complètement décontenancé.

Becky posa doucement les mains dans le dos de Brittany et l'encouragea à rapprocher le bébé jusqu'à ce qu'elle se cale confortablement contre lui. Il fallut quelques secondes pour que la tension qui raidissait tout son corps se relâche enfin.

— Il faut lui tapoter le dos pour qu'elle fasse son rot, souffla Becky.

DJ lui tapota le dos avec une telle légèreté que Becky n'était même pas certaine qu'il la touchait vraiment.

— Elle ne va pas se casser. Il va falloir y aller un peu plus franchement que ça.

Très lentement, DJ augmenta la pression à chaque petite tape, jusqu'à ce que le minuscule bébé lâche un rot digne d'un étudiant ivre mort à la sortie d'une soirée de fraternité.

La seule chose plus grande que ce rot fut le sourire qui s'étala aussitôt sur le visage de DJ.

— Finalement, elle est peut-être bien une Farraday.

— Ne laisse surtout pas ta tante t'entendre dire ça. Selon elle, les Farraday n'ont que des gènes irréprochables.

— C'est vrai.

Plus à l'aise avec le bébé, DJ se dirigea vers le salon, continuant à tapoter le dos de la petite Brittany.

— Si tu peux me donner des draps, je vais préparer mon lit.

— Justement, à ce sujet…

Becky lui tendit le biberon et attendit qu'il installe Brittany dans le creux de son bras pour lui donner le reste. Lorsqu'il sembla suffisamment rassuré pour ne pas s'écrouler de nerfs, elle reprit :

— Il n'y a absolument aucun moyen que tu dormes correctement plié en deux sur mon canapé. Tu prends la chambre, et moi je dors ici.

— Hors de question, murmura-t-il.

— Je ne fermerai pas l'œil de la nuit si je dois t'imaginer en train d'essayer de faire tenir un mètre quatre-vingt-dix…

— Quatre.

— D'accord. Un mètre quatre-vingt-quatorze de chef de

police sur un canapé d'un mètre cinquante. Moi, en revanche, j'y rentrerai très bien.

Fixant toujours le bébé, il secoua la tête.

— Elle ne boit plus. Je crois qu'elle dort.

Becky s'approcha, retira doucement le biberon presque vide de la bouche du bébé et le leva légèrement.

— Elle a bon appétit.

Avant même qu'elle ait eu le temps de lui dire qu'il fallait la faire roter une seconde fois, DJ avait déjà installé Brittany contre son épaule et recommencé à lui tapoter le dos.

— Et maintenant ? demanda-t-il.

— Maintenant, tu la couches dans son berceau, et on espère tous dormir un peu avant la prochaine tournée.

— Les draps sont où ? demanda-t-il.

— Prends le lit.

— Je ne peux pas.

— Bien sûr que si. J'ai justement changé les draps ce matin.

— Ce n'est pas ce que je voulais dire.

DJ eut un petit rire.

— S'il te plaît.

Becky rabattit les couvertures.

DJ secoua la tête.

— Crois-moi, j'ai déjà très bien dormi dans des endroits bien plus exigus que ton canapé.

Elle avait oublié que DJ aussi avait servi chez les Marines, et elle n'aimait pas du tout les images mentales que cette simple phrase faisait naître dans son esprit. Raison de plus pour trouver un moyen de le convaincre de prendre la chambre.

— Je pourrais toujours suspendre une couverture au milieu du lit.

— Les murs de Jéricho, répondit DJ avec un nouveau sourire. Excellente scène dans *New York-Miami*. Mais je ne sais pas laquelle des deux débarquerait la première avec un couteau de boucher : ta grand-mère ou ma tante.

— Elles ne peuvent quand même pas s'opposer au sommeil.

Les sourcils de DJ grimpèrent haut sur son front.

— On parle bien des mêmes femmes ?

— Oui, parfaitement. Allez. Ce n'est qu'un endroit où dormir.

Après avoir déposé doucement Brittany dans le berceau, DJ secoua la tête. Puis, en quittant la pièce sur la pointe des pieds, il marmonna quelque chose qui ressemblait fortement à :

— Les célèbres dernières paroles.

CHAPITRE SIX

— Qu'est-ce qui peut bien être assez important pour me tirer du lit deux matins de suite ? demanda Sally May Henderson en ôtant son coupe-vent près de la table du fond du Silver Spoon Café.

Eileen Callahan, la tante des frères Farraday, distribuait déjà les cartes.

— Bon sang, une fille n'a même pas le temps de commander un café avant de s'asseoir ?

Sally May se laissa tomber sur la seule chaise libre et rassembla rapidement ses cartes.

— Mise de départ, annonça Eileen en empilant soigneusement le paquet à côté d'elle.

— Je sais, je sais.

Sally May attrapa un jeton blanc et le lança au centre de la table.

— On se croirait en train de jouer de l'argent réel.

Dorothy écarta deux cartes de sa main, les posa face cachée sur la table, puis leva les yeux vers Eileen.

— Je suis. Deux cartes.

Elle glissa rapidement les nouvelles cartes dans son jeu, le referma en éventail, le posa sur la table et attendit que les mises reviennent jusqu'à elle.

— Je suis tes cinq, Ruth Ann, et je relance de cinq.

— Je me couche.

Ruth Ann jeta ses cartes.

— Moi aussi.

Sally May se coucha à son tour.

Eileen examina son amie avec attention, ouvrit et referma son jeu en éventail, puis laissa tomber quelques jetons dans le pot avant de se pencher en avant vers

Dorothy.

— Ce ne peut pas être ce que tu imagines.

Sally May observa les deux amies de longue date. Voilà qui était nouveau. Depuis des années, les parties de cartes du samedi matin, sans compter celles improvisées en semaine, n'étaient qu'un mélange de rivalité bon enfant, de piques amicales et de commérages bien nourris. Même lorsque Adam était arrivé en ville à l'aube avec une magnifique inconnue, personne ne s'était formalisé. Mais ce petit tête-à-tête-là avait quelque chose de nettement plus sérieux.

Ruth Ann se pencha en avant à son tour et promena son regard de Dorothy à Eileen, puis d'Eileen à Dorothy.

— Est-ce que l'une de vous deux va finir par nous dire ce qui se passe, bon sang ?

Dorothy abattit toutes ses cartes face visible sur la table — une quinte à l'as — puis croisa les bras.

— On pourrait peut-être commencer par demander à qui appartenait la voiture garée devant la clinique vétérinaire à l'aube.

— C'est un policier, répliqua Eileen en soutenant le regard de son amie. DJ aurait très bien pu être garé là pour un million de raisons différentes.

Les yeux de Ruth Ann s'écarquillèrent, et Sally May était à peu près certaine que les siens faisaient la même chose.

— DJ a passé la nuit chez Becky ?

Dans un mouvement parfaitement synchronisé, Dorothy et Eileen tournèrent brusquement la tête vers Ruth Ann. L'une lança un « non » catégorique, tandis que l'autre affirmait tout aussi fermement : « oui ».

Sally May secoua la tête.

— Attendez. Vous voulez dire que vous m'avez tirée d'un sommeil paisible et obligée à conduire jusqu'ici parce que deux citoyens parfaitement respectables de notre ville sont peut-être en train de faire des galipettes ?

Cette fois, Dorothy et Eileen braquèrent toutes deux les yeux sur Sally May, et celle-ci comprit parfaitement d'où venait l'expression *si les regards pouvaient tuer*.

— Bon.

Ruth Ann leva les mains.

— Si on laisse de côté le fait qu'il s'agit de deux adultes parfaitement libres de devenir… intimes, si tel est leur bon plaisir…

Ruth inspira profondément.

— …supposons un instant que ce ne soit pas ce que nous pensons toutes.

— Merci, dit Eileen en posant ses cartes face visible. Deux paires, dames et as. Je crois que ça bat ta quinte.

— Ce n'est pas du bridge, grogna Dorothy en ramassant ses cartes.

— Non, convint Eileen, et il y a forcément une bonne raison pour que DJ ait passé la nuit chez Becky.

— Comment savons-nous qu'il y a vraiment passé la nuit ? osa demander Sally May. Tout ce que vous avez dit, c'est qu'il était là de bonne heure ce matin. Il aurait pu y avoir une urgence avec un animal, non ? Un chien renversé par une voiture ou quelque chose du genre ?

Eileen secoua la tête.

— J'ai appelé le magasin de bricolage ce matin pour une commande pour Finn. Burt n'a pas perdu une seconde avant de me dire à quel point c'était bien qu'un de mes garçons se soit enfin rendu compte que Becky était un excellent parti. Je lui ai répondu qu'on le disait tous depuis des années…

— Et comment, intervint Dorothy.

— Puis il a ajouté qu'il n'aurait simplement jamais imaginé que ce serait DJ. Après ça, il m'a raconté qu'il avait vu DJ monter l'escalier de l'appartement hier soir, après la tombée de la nuit, et que la voiture de patrouille était toujours là ce matin.

— D'accord. Mais ça ne veut pas forcément dire…

Sally May n'eut pas le temps de finir.

— Non, ça ne veut rien dire, reprit Eileen à l'adresse de Dorothy. Et puis tout le monde sait que Becky n'a d'yeux que pour Ethan. Il doit forcément y avoir une autre explication.

— Il y en a une.

Dorothy se pencha en avant, la bouche déjà prête à lancer des flammes, puis, contre toute attente, se laissa retomber sur sa chaise, les épaules affaissées, et expira longuement.

— Tu as raison. Ma Becky n'est pas idiote, et DJ est aussi honorable qu'on peut l'être. J'imagine que j'ai seulement peur qu'il se passe quelque chose de grave dans la vie de ma petite-fille pour qu'elle ait besoin de protection policière toute la nuit.

Sally May rassembla les cartes et les battit.

— Au moins, nous savons qu'elle n'a pas été abandonnée devant l'autel ni menacée par un presque ex-mari.

— Non, dit Ruth Ann en coupant le paquet. Il y a déjà ça.

— Vous avez simplement demandé à DJ ce qui se passait ? demanda Sally May en distribuant une nouvelle donne.

— Non, répondit Eileen en ramassant sa première carte. Je n'aime pas me mêler de la vie privée de mes garçons.

Sally May cligna lentement des yeux, à la limite du fou rire. C'était vraiment tout ce qu'Eileen avait trouvé ? Elle se tourna alors vers Dorothy.

— Et toi, tu as demandé à Becky ?

La grand-mère dévouée haussa une épaule et secoua la tête.

— C'est justement pour ça que nous avons invité Meg et Toni à nous rejoindre.

Sally May tourna la tête vers Ruth Ann, qui leva les yeux au ciel avant de hausser les épaules. Pourquoi aller directement à la source quand on pouvait faire entrer toute la parenté dans l'histoire ? Il fallait bien leur reconnaître une chose : quand il s'agissait de remonter à la racine d'une affaire, personne n'aimait autant bavarder que la belle-famille.

— Elles viennent ?

Dorothy haussa de nouveau les épaules.

— Pas avant l'heure du déjeuner. Toni fait de la pâtisserie et Meg a des clients.

— C'est justement pour ça, dit Eileen en repliant son jeu et en se penchant au-dessus de la table, la voix baissée, que nous sommes ici si tôt.

Elle jeta un regard à gauche, puis à droite, avant de sourire.

— Esther est à la répartition depuis deux jours.

Un *ah* collectif s'éleva autour de la table. Dorothy hocha la tête d'un air approbateur et adressa un sourire à son amie.

— Et elle est encore là aujourd'hui.

Eileen acquiesça en se redressant.

— Exactement.

Elle rouvrit son jeu en éventail et regarda Dorothy par-dessus.

— Elle devrait arriver d'une…

La vieille clochette au-dessus de la porte tinta, élargissant encore davantage le sourire d'Eileen.

— …minute à l'autre.

Apparemment, Dorothy et Eileen avaient des plans de secours… qui avaient eux-mêmes des plans de secours.

Quand Esther passait au café pour sa pause-café matinale, elle suivait presque toujours le même rituel : un grand café noir et une part de la tarte du jour de Frank. Parfois, elle se laissait tenter par quelques boules de gâteau de Toni, mais, la plupart du temps, elle restait fidèle à la tarte. Avec parfois une boule de glace en supplément. Et s'il y avait une partie de cartes en cours, elle tirait toujours une chaise pour bavarder un moment avec le club social. D'où cette deuxième partie improvisée dans la semaine.

Ce matin-là ne fit pas exception.

Esther remonta ses lunettes de soleil miroir sur sa tête et, une main posée sur sa ceinture d'équipement, balaya le café du regard. Dès qu'elle aperçut la table des joueuses de cartes, ses traits se détendirent en un sourire. Elle s'avança vers elles, hochant la tête et échangeant quelques mots avec les clients sur son passage.

— Vous n'étiez pas déjà en train de jouer aux cartes hier, mesdames ?

Ruth Ann jeta un regard discret à Eileen, mais cette

dernière était une professionnelle de la diversion. Elle avait sans doute déjà une excuse brillante toute prête. Elle aurait probablement fait une espionne militaire de premier ordre.

— Bonjour, Esther, dit Eileen en lui faisant signe. On s'est dit que c'était une belle matinée pour passer un moment entre amies.

Sally May cligna des yeux. C'était vraiment tout ce qu'Eileen avait trouvé ?

— Toutes les journées sont bonnes pour les amies, répondit Esther.

Quelque part autour de la quarantaine, à dix ans près, mince, les cheveux tirés en un chignon sévère, Esther donnait l'impression d'être à mi-chemin entre une ancienne danseuse étoile et une gardienne de prison pour femmes. Elle se pencha au-dessus de l'épaule de Ruth Ann, et quand celle-ci toucha une carte, Esther secoua la tête.

— Tu devrais te joindre à nous les jours où tu ne travailles pas, suggéra Dorothy en posant une carte. Pas d'argent, pas de paris, pas d'infraction à la loi.

— Je sais.

L'agent de police approuva d'un signe de tête le deuxième choix de Ruth Ann, puis se recula pour laisser Abbie déposer sa commande sur la table.

— Mais ça ne ferait pas très sérieux qu'une policière hors service soit assise à une table de poker.

Sans tourner la tête, les dames du club social échangèrent des regards en coin. Aucune d'elles ne comprenait bien en quoi s'asseoir à une table de poker en uniforme complet — même uniquement pour regarder — était moins problématique que jouer aux cartes en civil un samedi matin.

Dorothy distribua les nouvelles cartes. Sally May avait la nette impression que tout le monde restait surtout dans la partie pour avoir une occupation, pas parce que l'une d'elles avait une main prometteuse.

— J'ai entendu dire que vous aviez été bien occupés au poste ces derniers temps, lança Eileen en prenant sa carte sans regarder Esther, sachant pertinemment que ces quelques mots suffiraient normalement à faire jaillir un flot d'informations.

— Oui, répondit Esther en prenant une gorgée de café, sans montrer le moindre signe d'en dire davantage.

La main suspendue au-dessus de ses cartes, Eileen leva les yeux. Si Esther restait discrète, c'est qu'il se passait quelque chose de plus important que quelques boîtes aux lettres vandalisées.

— J'ai entendu dire par Burt Larson qu'un des garçons Brady s'est cassé le bras.

— C'est ce qu'on raconte, répondit Esther, qui semblait un peu plus détendue.

Eileen réorganisa ses cartes dans sa main.

— On dirait que DJ a dû sortir sa batte.

— C'est possible. On ne sait jamais.

Esther restait suspectement avare de détails.

— Je me couche, annonça Ruth Ann en jetant ses cartes sur la table. Pauvre DJ doit être débordé avec ces histoires de boîtes aux lettres et… tout le reste.

— Mm.

— Oh, pour l'amour du ciel.

Eileen abattit ses cartes sur la table.

— Qu'est-ce qui s'est passé d'inhabituel, hier ?

— Pas grand-chose.

Esther prit sa fourchette et piqua dans sa tarte. La main à mi-chemin de sa bouche, elle s'arrêta et regarda Eileen.

— À moins que tu ne parles du bébé.

CHAPITRE SEPT

Après avoir avalé la dernière gorgée du café acheté au Silver Spoon, DJ s'engagea dans l'allée des Brady. Le ranch d'origine avait été partagé entre les enfants lorsque leur grand-père était mort, une vingtaine d'années plus tôt. À mesure que les petits-enfants se mariaient, chacun recevait une parcelle de bonne taille. Jim et sa femme s'étaient lancés dans l'élevage de moutons, puis avaient ajouté des alpagas à leur cheptel. Apparemment, le commerce de la laine leur réussissait plutôt bien. La femme de Jim restait à la maison, les enfants ne semblaient manquer ni d'amour ni de rien d'essentiel, ils conduisaient des véhicules confortables et la maison était jolie, bien tenue. Avec leurs huit enfants, ils évoquaient, à l'image de ses propres parents, une famille américaine d'un autre temps — du siècle précédent, pour être exact. DJ détestait être celui qui allait fissurer ce joli tableau.

— DJ !

Mary Brady l'avait aperçu en train de remonter l'allée et, en parfaite maîtresse de maison, se tenait déjà sur le pas de la porte pour l'accueillir.

— Quelle bonne surprise. Vous venez chercher un autre don pour la collecte de fonds de la ville ?

DJ attendit d'être devant elle pour glisser ses lunettes de soleil dans sa poche et ôter son chapeau.

— Je crains que non.

— Oh.

Son sourire vacilla légèrement.

— Christopher est là ?

Toute couleur quitta le visage de Mary, mais elle hocha la tête.

— Il s'est cassé le bras en faisant l'imbécile avec des copains. Le docteur a dit qu'il devait se reposer quelques jours. Bien sûr, c'est plus facile à dire qu'à faire. Vous savez comment sont les garçons. Toujours débordants d'énergie.

Elle lui fit signe d'entrer.

DJ répondit par un sourire poli.

— J'aimerais lui poser quelques questions.

— Bien sûr. Suivez-moi.

Dans le grand salon, les jumeaux étaient confinés dans un parc de jeu surdimensionné. L'un se tenait debout, occupé à mâchouiller le bord rembourré, pendant que l'autre, assis au milieu, empilait joyeusement des blocs de formes diverses. Si semblables, et pourtant si différents. Sur le canapé, le principal suspect de DJ était entouré de boissons, de friandises et d'une pile de vidéos, signe évident qu'il bénéficiait du traitement royal réservé par une mère inquiète.

Eh bien, cela n'allait pas durer.

— Christopher, le chef Farraday est là pour te parler.

DJ faillit rire à la vue de la panique qui traversa le visage du garçon.

Pris sur le fait.

Il n'y eut même pas besoin d'interrogatoire. Le gamin se raidit, releva le menton et lança, beaucoup trop vite :

— C'était pas moi.

Les mains sur les hanches, Mary Brady posa sur son fils cadet un regard qui se rétrécit aussitôt.

— Qu'est-ce qui n'était pas toi ?

Et ce fut fini.

Le garçon vida son sac. Quand sa mère en eut terminé avec lui, il était pratiquement consigné jusqu'à la fin de ses jours — alors que tout ce que DJ lui avait demandé, c'était :

— Comment va ton bras ?

DJ se disait que ce serait soit la fin, soit le commencement. Lorsque Jim Brady rentra enfin et rappela à son fils ce qu'on attendait de lui, le garçon avait déjà dénoncé ses complices, accepté de reconstruire toutes les boîtes aux lettres endommagées, d'effectuer des corvées supplémentaires dans les cinq maisons concernées, et sans doute à peu près tout ce que leurs propriétaires pourraient lui demander pour le restant de ses jours de mineur.

Christopher allait soit se reprendre en main, soit, s'il recommençait, découvrir l'intérieur d'une cellule.

Pour le bien du gamin, DJ espérait de tout cœur que cela n'arriverait jamais.

De retour à son bureau, il engloutit une autre tasse de café sans être certain de retrouver un jour un état de veille normal. Ce qu'il ne comprenait pas, c'était pourquoi, après avoir passé des mois à ne pas dormir avec un premier enfant, des parents choisissaient d'en avoir un autre.

Et les siens en avaient eu sept.

Il secoua la tête et but une nouvelle gorgée.

— Ce qu'il te faut, c'est une sieste.

Esther se tenait dans l'encadrement de la porte, un plat couvert à la main.

— Je t'ai apporté une part de tarte aux myrtilles de Frank. Tu vas avoir un bon coup de fouet sucré.

— Jusqu'à ce que je m'effondre.

— Si tu comptes continuer à aider la petite Wilson avec ce bébé, tu ferais bien de t'habituer aux coups de fouet sucrés. C'est peut-être la seule chose qui te permettra de tenir jusqu'à ce qu'on retrouve les parents ou que le bébé obtienne son diplôme de fin d'études secondaires.

Le diplôme de fin d'études secondaires ?

DJ leva les yeux.

— Quoi ? Tu crois que les ennuis des parents s'arrêtent quand le bébé fait enfin ses nuits ? Mon Dieu, non. Après, il y a les coliques.

Elle s'interrompit à mi-chemin du bureau.

— Le bébé a des coliques ?

DJ pensa à ce que ce mot signifiait chez les animaux du ranch.

— Je ne crois pas.

— À quelle fréquence est-ce qu'elle se réveille ?

Esther posa le plat devant lui.

— Toutes. Les. Deux. Heures.

Un sourire entendu étira les lèvres de sa standardiste.

— Ah, les bébés…

Elle poussa un soupir.

— Comme je te le disais, après les nuits complètes, il y a les dents, puis l'apprentissage de la marche, puis les terribles deux ans, puis les épouvantables trois ans…

Elle s'arrêta et secoua la tête.

— Mais toi, tout ce que tu as à tenir, ce sont quelques nuits, le temps qu'on retrouve les parents ou qu'on trouve un foyer permanent à cette petite.

Elle agita un doigt vers le plat sur son bureau.

— Mange. Tu vas avoir besoin de toute l'énergie possible.

Plusieurs pensées traversèrent l'esprit de DJ.

La première fut un respect nouveau pour les parents célibataires du monde entier. Il avait compris qu'il était censé passer ses nuits chez Becky pour l'aider. En théorie, en se relayant, ils devaient dormir davantage. En pratique, l'un berçait ou changeait le bébé pendant que l'autre faisait chauffer le biberon. Et quand, par miracle, l'un d'eux — généralement Becky — réussissait seul à changer, nourrir et rendormir Brittany, l'autre était malgré tout bien réveillé, prêt à intervenir au moindre besoin.

Il devait vraiment accorder beaucoup plus de crédit aux parents célibataires.

Suivant les instructions de Brooklyn pour obtenir une analyse ADN rapide, le prélèvement effectué sur le nourrisson était scellé, emballé et prêt à partir. Finn n'avait rien trouvé au ranch d'Ethan qui puisse servir facilement à un test ADN. Ils avaient bien envisagé une paire de gants d'équitation, mais les chances d'en tirer quelque chose de valable paraissaient trop faibles. À la place, DJ avait effectué son propre prélèvement, estimant que l'ADN mitochondrial permettrait au moins de déterminer si Brittany était bien une Farraday. À moins qu'un autre frère n'ait profité d'un peu de bon temps du côté de la base aérienne des Marines — hypothèse hautement improbable, puisqu'aucun d'eux n'avait quitté la ville plus de quelques heures depuis plus d'un an — la seule manière pour que le père de Brittany partage de l'ADN avec DJ, c'était qu'Ethan soit effectivement le père.

Les deux échantillons étaient donc prêts pour l'heure de vérité.

Ce qui ramena DJ à d'autres pensées qui cognaient dans sa tête.

Si ce doux bébé — et elle l'était bel et bien — se révélait être la fille d'Ethan, il n'y avait absolument aucune chance qu'Ethan puisse s'occuper d'elle. Son déploiement posait déjà problème, mais en plus, la nature aventureuse d'Ethan se mariait mal avec les réveils nocturnes pour faire faire son rot à un nourrisson. Ce qui signifiait que, du moins pour le moment, quelqu'un d'autre devrait s'en charger.

Le choix logique serait tante Eileen.

Elle s'y connaissait certainement mieux que n'importe lequel de ses frères pour élever une petite fille. Probablement mieux que leur père aussi. Grace avait très bien tourné, même si elle avait un côté un peu bohème. DJ ne doutait pas un instant que ce que sa sœur avait de meilleur, elle le devait à tante Eileen. Dieu seul savait ce qu'elle serait devenue si elle avait été élevée uniquement au milieu d'une bande de garçons.

Bien sûr, n'importe lequel de ses frères mariés — ou sur le point de l'être — pourrait aussi prendre le relais.

Non que commencer un mariage en élevant le bébé de son frère soit exactement la meilleure façon d'ouvrir ce nouveau chapitre de sa vie.

Il se frotta le visage, comme si ce simple geste pouvait effacer à lui seul l'épuisement et la frustration, laissa échapper un profond soupir et se demanda comment Becky tenait le coup avec Brittany au travail.

— À ce rythme-là, on ferait aussi bien d'arrêter de prétendre qu'on travaille.

Kelly se balançait doucement avec Brittany dans les bras, pendant que Pat, la technicienne de laboratoire, attendait son tour juste à côté.

Et cela sans compter tout le temps que Becky avait passé à présenter le bébé à l'ensemble des clients dans la salle d'attente, à la nourrir, à la changer et à la bercer.

— Comment va notre petite ? demanda Adam en entrant depuis le bâtiment réservé aux grands animaux, à l'arrière.

Il venait de terminer un examen complet sur un cheval appartenant à une nouvelle famille qui venait de s'installer en ville. Un doigt tendu, il s'en servit pour chatouiller doucement le ventre du bébé.

Jusqu'ici, Brittany n'avait offert aucun sourire. Elle observait surtout avec une grande attention tous ceux qui l'entouraient. Elle ne semblait ni maltraitée ni négligée — pas d'érythème fessier, rien qui puisse laisser penser qu'on s'était mal occupé d'elle — mais elle ne donnait pas non plus ces petits sourires repus et satisfaits qu'on aurait aimé voir sur son visage.

— Tu fronces les sourcils, Becky.

Adam se redressa et s'éloigna d'un pas.

— Quelque chose ne va pas ?

— Oh, rien. J'étais juste perdue dans mes pensées.

— D'accord.

Adam sourit et secoua la tête.

— On commande le déjeuner pour manger ici, ou on emmène le bébé au café ?

— De toute façon, la nouvelle a déjà fait le tour, lança Pat par-dessus son épaule. Alors peu importe ce que vous faites.

Évidemment, Nadine Peabody et son indécente de chatte, Sadie, avaient été les premières patientes du matin. Cette femme n'avait guère que Burt Larson au-dessus d'elle au classement des plus grandes commères de la ville. Elle avait à peine franchi la porte que voisins et connaissances avaient commencé à appeler ou à passer voir la petite fille.

— Je suis presque sûre qu'il y a même un pari en cours.

Kelly passa le bébé à Pat.

— D'après Ned du garage, avec ces jolis yeux bleus, les chances sont très faibles pour les célibataires bruns de la ville. Mais si jamais ses yeux commencent à changer bientôt…

Kelly agita les sourcils en riant.

Ce pari donnait à tout le monde un sujet de plaisanterie, mais Becky n'y voyait rien de particulièrement drôle. Au fond d'elle, elle était persuadée que la mère n'avait pas menti sur l'acte de naissance et que cette petite fille était bien une Farraday. Et si la façon dont Brittany dévisageait chaque personne qui s'approchait d'elle était un indice, elle deviendrait une Farraday intelligente.

Peut-être même pilote militaire, comme son père.

— On ne confie pas un avion à des imbéciles, marmonna-t-elle.

— Quoi ?

Le bébé sur son épaule, Pat se tourna vers elle.

— Je marmonnais pour moi-même.

— À propos de quoi ? insista Pat.

— On la gâte.

Becky n'avait certainement pas l'intention de répéter ce qu'elle venait de penser.

— Elle n'a pas passé cinq minutes sans être portée depuis qu'on est arrivées ce matin. Je me demande simplement laquelle d'entre vous fera les cent pas avec elle quand il sera trois heures du matin.

— Est-ce que je n'ai pas entendu le téléphone sonner ?

Pat rendit le bébé après une dernière petite tape affectueuse.

— J'imagine que je devrais quand même essayer d'abattre un minimum de travail.

Kelly recula d'un pas, tout en restant suffisamment près pour lisser du bout des doigts les cheveux doux comme du duvet du bébé, et garder un œil sur Adam qui refermait la porte de son bureau derrière lui.

— Cela dit, si ça signifie passer un peu de temps tard le soir avec DJ Farraday, je serais peut-être prête à me porter volontaire pour une petite visite nocturne.

Sa voix avait intentionnellement plongé d'une octave pour donner à la phrase une saveur très Mae West.

Et cela marcha.

La vieille réplique — *Pourquoi ne viendriez-vous pas me voir un de ces jours ?* — traversa aussitôt l'esprit de

Becky, ce qui ne lui plut pas du tout. Non pas qu'elle ait un quelconque droit sur DJ, ni même qu'elle nourrisse le moindre espoir à son sujet, mais…

Mais quoi, au juste ?

— Tu fronces encore les sourcils, fit remarquer Kelly en levant les yeux vers son amie.

Pas de mais.

Elle n'aimait pas entendre Kelly plaisanter à propos de DJ, et elle n'avait pas besoin de raison supplémentaire pour ne pas aimer ça.

— Je croyais que tu avais des tableaux à finir ?

— Tu ressembles de plus en plus à ta grand-mère, marmonna Kelly en retournant à l'accueil.

En grandissant, Becky avait détesté qu'on la compare à sa mère ou à sa grand-mère.

Deux femmes autoritaires.

Puis, vers la fin du lycée, elle avait fini par comprendre que les femmes de sa famille étaient fortes, gentilles, fiables, respectées et aimées de tous. Y compris d'elle-même.

À présent, être comparée à sa grand-mère était à peu près le plus beau compliment qu'on puisse lui faire.

Brittany endormie contre son épaule, Becky installa à regret le nourrisson sur le matelas du petit berceau dans la salle de pause et résista à la tentation de s'allonger à côté d'elle pour grappiller elle aussi quelques minutes de sommeil.

C'était peut-être le bon moment pour prendre des nouvelles de Grace.

Elle s'assit devant l'ordinateur voisin, ouvrit la messagerie et lança une demande de chat. Après avoir cligné des yeux plusieurs fois, elle allait presque refermer le programme et poser la tête sur le bureau lorsqu'un petit *ding* la fit se redresser d'un coup.

Le sourire aux lèvres, Grace apparut à l'écran.

— Eh bien, salut l'étrangère.

Cela faisait plusieurs jours qu'elles ne s'étaient pas parlé.

— C'est l'hôpital qui se moque de la charité. Ce n'est

pas moi qui ai le nez plongé jusqu'aux yeux dans les manuels.

— Argh, gémit Grace. Ne m'en parle pas. Est-ce que je t'ai déjà dit à quel point je déteste les examens ?

Becky rit.

— Depuis la maternelle.

— On n'avait pas d'examens en maternelle.

Grace leva les yeux au ciel.

— Rappelle-moi pourquoi j'ai cru un jour que la fac de droit était une bonne idée.

— Sérieusement ? Tu me poses la question maintenant ?

Cette fois, Grace laissa échapper un rire étouffé.

— Bon, d'accord, je râle un peu. Qu'est-ce qui t'amène en ligne en plein milieu de ta journée de travail ?

— Un bébé.

Les yeux de Grace s'arrondirent, et son visage remplit l'écran tandis qu'elle se penchait vers la caméra.

— Tu es enceinte ?

— Non. Pour tomber enceinte, il faut avoir des rapports sexuels.

— D'accord.

Grace se rassit.

— Là, tu m'as vraiment fait peur. Alors, pourquoi es-tu en ligne ?

— Il y a vraiment un bébé. Je suis sa famille d'accueil temporaire.

— Ah.

Grace hocha la tête.

— Tout s'explique. Et ça explique aussi les cernes sous tes yeux. Tu as une mine épouvantable.

— Merci, c'est adorable.

Manifestement, aucun des frères n'avait encore contacté Grace pour la tenir au courant de ce qui se passait, et Becky ne se sentait pas de tout lui révéler.

— On l'a laissée devant le poste de police.

Le visage fermé, Grace se pencha de nouveau vers l'écran.

— À Tuckers Bluff ? On sait qui est cette mère

indigne ?

Becky secoua la tête.

— Seulement son nom. Elle n'est pas d'ici.

— Et comment tu connais son nom ?

— Elle a laissé un acte de naissance et une renonciation à ses droits parentaux.

— C'est plutôt… organisé.

On frappa à une porte, et Grace baissa les yeux vers un coin de l'écran.

— Mince, je suis en retard. Il faut que j'y aille. Dis à mon grand frère de m'envoyer une copie des papiers laissés par la mère et j'y jetterai un œil. Pour vérifier que tout est en règle.

— Entendu.

Becky agita la main vers l'écran. Grace lui rendit son salut, puis l'écran redevint noir.

Becky se frotta les yeux, puis laissa échapper un soupir en appuyant son front dans la paume de ses mains.

— Je sais ce que tu ressens.

La voix de DJ venait de l'entrée. Il avait parlé doucement, mais son timbre grave portait sans effort.

— J'imagine qu'elle se tient bien.

Becky hocha la tête.

— Difficile de faire autrement avec toute l'attention qu'elle reçoit.

— On croirait la seconde venue du Christ, vu la vitesse à laquelle la nouvelle se répand en ville.

Il s'approcha pour regarder le bébé endormi.

— Tout le monde adore un bon mystère. À qui est ce bébé ? Pourquoi l'a-t-on laissée à Tuckers Bluff ? La mère est-elle du coin ? Le père ? Les deux ? Beaucoup de questions. Les mêmes que celles posées par Grace.

— Vous avez parlé ?

Becky acquiesça.

— Juste quelques minutes. Elle était pressée. Je lui ai parlé du bébé, mais pas d'Ethan.

— Qu'est-ce qu'elle a dit ?

— Que tu devrais lui envoyer les papiers laissés par la mère pour qu'elle vérifie s'ils tiennent la route.

Un coin de la bouche de DJ se releva avec amusement. Il pensait probablement la même chose qu'elle. Par moments, il était difficile d'imaginer Grace, si libre d'esprit, en avocate scrupuleusement attachée aux règles.

— Je ne sais pas ce que j'aurais répondu si elle avait posé trop de questions.

DJ détourna les yeux du bébé pour la regarder.

— J'ai envoyé les échantillons en express. Nous aurons bientôt des réponses.

Becky ne savait pas très bien ce qu'elle ressentait à cette idée. Une grande partie d'elle aimait la perspective qu'Ethan ait enfin une raison de rentrer et de rester au pays. Une autre se demandait s'il emmènerait simplement Brittany près de sa base. Ou peut-être retrouverait-il la mère pour l'épouser.

De toutes les options, cette dernière paraissait la plus logique.

Les Farraday étaient farouchement loyaux. Fiers et honorables : c'étaient les mots qui venaient spontanément à l'esprit de tous lorsqu'on parlait de leur famille. Aussi démodé que cela puisse paraître, faire ce qui était juste serait exactement ce qu'un Farraday ferait.

Même Ethan.

Il restait aussi la possibilité, certes infime, que la mère ait menti. Qu'elle ait simplement inscrit sur l'acte de naissance le nom du type le plus gentil avec lequel elle avait couché, en espérant que cela suffirait. Becky aurait aimé en savoir davantage sur cette femme.

— J'ai prévenu les services sociaux.

DJ baissa encore un peu la voix, comme s'il craignait que le bébé puisse entendre et s'en trouver offensé.

— Comme prévu, ils sont débordés, mais on peut s'attendre à une visite du comté dans un avenir relativement proche.

— Tu crois que ce sera quand ?

DJ haussa les épaules.

— Ça pourrait aussi bien être demain que le mois prochain. J'espère seulement que, quand le comté décidera de s'impliquer sérieusement, ce sera après qu'on aura découvert si elle est une Farraday.

— Et la mère ? Ils devront la contacter ?

Secouant la tête, DJ passa une main derrière sa nuque et leva les yeux.

— La dernière enveloppe contenait une renonciation volontaire à ses droits parentaux.

— Mon Dieu.

Becky reporta son attention sur le bébé endormi.

— Elle ne veut vraiment pas de sa fille, n'est-ce pas ?

— Je pense que c'était assez clair quand elle a laissé Brittany seule dans une boîte sur un pas de porte, répliqua DJ sèchement.

Becky inspira brusquement. Elle n'était pas habituée aux réponses acerbes de sa part ni de celle de ses frères. Toutes les années où elle avait traîné chez les Farraday avec Grace, toutes les farces qu'elles leur avaient faites, jamais aucun d'eux ne lui avait aboyé dessus.

— Désolé.

DJ poussa un profond soupir.

— Je suis un peu à bout.

— Je repensais juste au jour où Grace et moi avons peint les ongles de pied d'Adam pendant qu'il dormait.

Un côté de la bouche de DJ se releva.

— Quand il s'est réveillé et qu'il a découvert ses ongles — et la moitié de ses orteils — rose fuchsia, il s'en est pris à toi et à Connor.

— Je m'en souviens, répondit DJ. Il m'avait plaqué contre le mur par le col au moment où vous êtes entrées dans la pièce et où Grace lui a demandé s'il n'aimait pas la couleur.

— Et c'est là que j'ai dit : *Je t'avais dit d'utiliser le rouge.*

Becky ne put s'empêcher de sourire. Ses souvenirs d'enfance avec les Farraday avaient toujours un goût de maison.

— Adam nous a regardées, Grace et moi, avec les doigts et les orteils peints en rouge et en rose, puis il a lâché ta chemise, a fait un pas vers nous, s'est accroupi et, avec un calme étonnant pour un garçon de seize ans, nous a simplement dit : "S'il vous plaît, ne recommencez pas sans demander."

DJ haussa les épaules.

— Adam a toujours essayé d'être le raisonnable.

— Toi aussi.

Elle se demanda s'il se souviendrait de ce qu'elle évoquait.

Ses yeux se plissèrent un instant, puis le souvenir le frappa.

— Ah. Le fard à paupières.

L'autre côté de sa bouche se releva à son tour.

— Tu étais plus grande, cette fois-là. Six ans, je crois.

Becky hocha la tête.

— Quand tu t'es réveillé…

— Parce qu'Adam et Brooks riaient si fort, ajouta-t-il.

— Oui. Tu ne t'es pas fâché. Tu nous as même laissées te mettre du blush et du rouge à lèvres.

— C'était logique. Vous vous amusiez toutes les deux, et ce n'était pas comme si Adam ou Brooks pouvaient rire plus fort encore.

Il rit et secoua la tête.

— Et Dieu merci, à l'époque, il n'y avait pas encore d'appareils photo sur les téléphones.

— C'est vrai.

— Je suis désolé d'avoir été sec. Avec tout ce qui se passe, cette histoire me met les nerfs à vif.

— Je peux t'aider à quoi que ce soit ?

Il jeta un coup d'œil au bébé, puis à elle.

— Tu le fais déjà.

Son téléphone sonna.

— Farraday.

Becky n'entendait pas la voix à l'autre bout du fil.

DJ ferma les yeux, marmonna un juron et pivota aussitôt sur ses talons.

— Dis à Reed de me rejoindre. Et appelle Brooks. J'arrive dans une minute.

À la vitesse à laquelle DJ traversait déjà le bureau, Becky comprit immédiatement que quoi qu'il se passe, ce n'était pas bon.

— Fais attention.

DJ se retourna vers elle. Elle eut soudain l'impression très nette qu'il avait complètement oublié sa présence dans la pièce. Il hocha brièvement la tête, puis traversa à grands pas la salle d'attente avant de sortir.

— Où est l'incendie ? demanda Kelly.

Becky haussa les épaules.

— Oh mon Dieu !

Pat accourait de l'arrière.

— Polly, du Cut and Curl, vient d'appeler. Jake Thomas a complètement perdu la tête. Il s'est enfermé dans le magasin d'alimentation animale.

Pat prit une inspiration précipitée, balaya la pièce du regard.

— Où est le Doc ?

— Salle d'examen 2.

Kelly indiqua la direction d'un pouce.

— Il faut que je lui parle de Meg.

Adam ouvrit la porte de la salle d'examen juste à temps pour entendre les derniers mots de Pat.

— Quoi, à propos de ma femme ?

— Jake Thomas s'est enfermé dans le magasin avec Charlotte et Meg.

— Bon sang.

Se retournant d'un mouvement brusque, il jeta le dossier qu'il tenait sur le comptoir en passant.

— Reprogrammez tous les rendez-vous.

Il était déjà à mi-chemin de la porte quand Pat le rappela :

— Doc. Il a une arme.

CHAPITRE HUIT

Dans une ville aussi petite, il n'était guère utile de faire rugir la voiture de patrouille tous gyrophares et sirène hurlante — surtout s'il ne voulait pas voir la moitié de la ville lui emboîter le pas sur à peine quelques pâtés de maisons — mais bon sang, à cet instant précis, DJ aurait donné cher pour pouvoir voler.

Arrivant de l'autre côté, la voiture de Reed déboula dans une place libre devant le magasin d'alimentation animale. Il était déjà sorti du véhicule et posté à l'extrémité du bâtiment en briques quand DJ atteignit la devanture. Prenant juste une minute supplémentaire, il contourna la voiture jusqu'au coffre, en tira son gilet pare-balles et inspira profondément. Il avait cru ne plus jamais avoir à en enfiler un. En attrapant la carabine rangée à côté, il prit encore plus d'air. Avec un peu de chance, aujourd'hui, la seule chose qu'il viserait serait à l'autre bout des jumelles désormais suspendues à son cou. Faisant un large détour pour rester hors du champ de vision de Jake, DJ s'arrêta près de son officier.

— Qu'est-ce qu'on a ?

Reed secoua la tête.

— Je ne vois que Jake. Il a l'air de faire les cent pas au fond du magasin. Il n'a pas levé les yeux une seule fois. Je ne pense pas qu'il sache qu'on est là.

— Qui a donné l'alerte ?

— Moi.

Ned accourait depuis son garage.

— On discutait juste de la météo, de la possibilité que cet été ne soit peut-être pas aussi étouffant que les précédents.

DJ hocha la tête, espérant la version courte.

— Meg Farraday est entrée, on aurait dit qu'elle et Charlotte allaient déjeuner. Ou peut-être faire des courses, je ne sais plus trop…

— Peu importe. Qu'est-ce qui s'est passé ? coupa DJ.

— Justement, je n'en sais rien.

Ned haussa les épaules.

— J'ai dit quelque chose sur le fait que les dames étaient jolies, et Jake a explosé. Le téléphone a sonné, il a arraché le fil du mur. J'ai tout de suite compris que quelque chose clochait, surtout quand j'ai vu sa femme sursauter et Meg se déplacer pour se mettre devant elle.

— Meg s'est mise devant Charlotte ?

Ned acquiesça.

— Comme si elle voulait la protéger. Je suis peut-être trop vieux pour une bagarre en bonne et due forme, mais je sais encore réfléchir. J'ai secoué la tête, souri, et dit que certains jours j'aimerais bien faire la même chose à mon vieux téléphone. J'espérais que ça le calmerait, mais ça n'a fait que le monter encore plus. Il ressemblait à ce personnage de télé qui devient vert.

Ned se tut, et Reed précisa :

— Hulk.

— Oui, voilà, acquiesça de nouveau Ned. Celui-là. Avant que je puisse en dire plus, Jake a sorti ce vieux pistolet du tiroir et s'est mis à l'agiter dans tous les sens. Meg et Charlotte se sont jetées au sol, et moi j'ai essayé de lui arracher l'arme.

Si ce que disait le vieil homme était exact, DJ espérait que le fait de le voir encore debout, entier, plutôt qu'éparpillé sur le sol du magasin, signifiait que personne ne sortirait d'ici dans une housse mortuaire aujourd'hui.

— Il a tiré dans le plafond.

— Délibérément ? demanda DJ.

— Ça en avait tout l'air. Il a hurlé que tout le monde devait sortir. J'ai attendu les filles près de la porte. L'instant d'après, Jake m'a poussé dehors et les a repoussées à l'intérieur avant de verrouiller derrière moi. Je n'avais pas mon portable. J'ai couru jusqu'au garage et je vous ai appelés.

Comme si elle n'attendait qu'un signal, Polly, du Cut and Curl, arriva en courant. Exactement ce dont DJ avait besoin : toute la ville en visite.

— J'ai appelé dès que j'ai entendu le coup de feu. Je ne voulais pas croire que c'était bien ça, mais j'ai vu Jake agiter son arme.

DJ regarda le magasin d'alimentation, puis le Cut and Curl de l'autre côté de Main Street.

— Vous l'avez vu ?

La petite femme rougit et cligna des yeux.

— Il se peut que j'aie utilisé les jumelles qu'on garde sous la caisse.

Quand il aurait plus de temps, DJ réfléchirait à ce détail.

— Qu'avez-vous vu d'autre ?

— Jake a forcé Meg et Charlotte à reculer jusqu'au mur du fond. Elles sont assises par terre, serrées l'une contre l'autre. Et depuis, Jake n'arrête pas de faire les cent pas.

— Vous avez entendu ce qu'il disait ?

Polly se redressa et fronça les sourcils.

— J'ai dit des jumelles, pas un micro. Pour quelle sorte de voisine me prenez-vous ?

Encore une question pour un autre moment.

— Très bien, merci. Retournez à votre boutique et restez à l'intérieur.

Elle mordilla sa lèvre inférieure et secoua la tête.

— Je n'aurais jamais cru voir une chose pareille de mon vivant. Pas à Tuckers Bluff.

Lui non plus, bordel.

À ce moment-là, le camion d'Adam surgissait déjà dans la rue.

— Reed, contactez Esther par radio. Je veux que vous barriez la rue, tous les deux. Personne d'autre, à part Brooks, ne s'approche d'ici. C'est clair ?

Reed se contenta d'un bref signe de tête avant de partir au trot.

— Est-ce qu'elle va bien ?

Le gros pick-up à quatre portes s'était à peine immobilisé qu'Adam en jaillit pour foncer droit sur DJ.

— Doucement.

DJ tendit le bras pour le stopper.

— Respire un bon coup. Elles vont bien.

Il n'allait pas ajouter *pour l'instant* à voix haute.

— C'est vrai ? Jake les tient en joue ?

Adam était un homme fort. Aussi fort qu'ils viennent. Mais l'inquiétude dans son regard donnait l'impression qu'elle suffirait à le briser.

— On ne l'a pas confirmé, mais c'est probable.

DJ écarta son frère de sa trajectoire.

— Je sais que c'est dur, mais j'ai besoin que tu restes en retrait. Ce n'est pas comme la dernière fois.

— Non.

Adam fronça les sourcils à l'allusion de son frère à Meg et à son ex.

— Cette fois, Meg n'a pas d'arme secrète.

— Pas à notre connaissance. C'est une femme intelligente. Fais-lui confiance.

DJ changea d'appui.

— Et fais-moi confiance aussi.

Adam le fixa encore un long moment. Son regard remonta jusqu'à la grande vitrine du magasin d'alimentation, puis redescendit lentement sur DJ.

— Ne laisse rien lui arriver.

Tout ce que DJ put faire, ce fut hocher la tête.

Perdre qui que ce soit ne faisait pas partie de son programme du jour.

Le vieux dicton *Télégraphe, téléphone et télé-bonne-femme* semblait manifestement encore en pleine forme dans l'ouest du Texas. La nouvelle de Jake Thomas en train de perdre les pédales se répandait dans Tuckers Bluff comme un feu dans un champ de foin. À en croire les rumeurs qui enflaient à vue d'œil, le nombre d'otages variait de quelques-uns à plusieurs dizaines, et l'armement allait d'un unique pistolet jusqu'à tout un arsenal d'armes d'assaut à tir rapide, avec absolument tout entre les deux.

La seule chose dont Becky était sûre, c'est que Meg et Charlotte se trouvaient à l'intérieur du magasin d'alimentation animale et que la situation devait être suffisamment grave pour que tous les commerces autour de Main Street aient été évacués. Aussi loin qu'elle s'en souvienne, le service de jour du poste comptait toujours deux agents et une standardiste, tandis qu'un seul officier assurait le calme service de nuit. Savoir qu'au moins un agent hors service avait été rappelé en renfort donnait à toute cette histoire des allures de série policière, pas de vie réelle à Tuckers Bluff.

Cette situation irréelle expliquait probablement pourquoi la plupart des commerçants déplacés et des voisins avaient fini par se retrouver au Silver Spurs.

Sans Adam pour s'occuper des patients, la clinique avait fermé plus tôt. Personne n'arrivait plus à se concentrer sur son travail et, au bout du compte, ils avaient tous fini par venir attendre l'issue de la crise au café, Becky comprise.

— Depuis combien de temps ça dure ? demanda Kelly en remuant une cuillerée de sucre dans une nouvelle tasse de café.

— Presque une heure, et si tu n'arrêtes pas de carburer à la caféine liquide, on va devoir te décrocher du plafond bien avant que tout ça se termine.

Abbie agita un doigt en direction de la tasse pleine.

En faisant les cent pas avec le bébé dans les bras, Becky avait réussi à tenir ses nerfs à distance.

Plus ou moins.

La vérité, c'était qu'elle était morte d'inquiétude pour tout le monde. L'image du visage décomposé d'Adam, quand il avait littéralement traversé la clinique en courant, lui déchirait encore le cœur. Elle ne voulait pas penser à ce que Meg et Charlotte devaient être en train de vivre, retenues en otage par un homme en pleine crise — ni à ce que cet homme pourrait leur faire, à elles comme aux policiers rassemblés dehors.

La veille au soir, elle avait découvert une autre facette de DJ. Une dimension différente d'un homme qu'elle avait toujours trouvé plutôt sérieux. Des mots comme *doux* et *tendre* lui venaient maintenant à l'esprit, et elle n'aimait pas du tout la manière dont ces mots se mariaient avec des balles perdues. Depuis près d'une heure, DJ essayait de parler avec Jake Thomas. Selon certaines rumeurs, la police d'État avait été appelée et, d'une minute à l'autre, la ville allait se retrouver envahie par toutes sortes de policiers et d'agences fédérales. D'autres juraient que DJ avait été une sorte de super-flic américain bardé d'expérience, version SWAT, forces spéciales et drapeau étoilé, et qu'il n'avait besoin de personne pour faire sortir Jake du guêpier où il s'était mis tout seul. Honnêtement, Becky n'avait aucune idée de l'endroit où s'arrêtait la réalité et où commençait la légende. Elle s'était intéressée à la carrière d'Ethan, pas à celle de DJ, mais elle priait pour que *super-flic version SWAT* figure bel et bien en tête de son CV.

— Vous croyez que c'est vrai ? demanda Pat, les yeux fixés sur la barricade de police au bout de la rue.

— Quoi ? répondit Becky.

— Que DJ a déjà géré ce genre de situation ?

Kelly secoua la tête.

— Tout ce que Grace a jamais dit sur Dallas, c'est qu'il était devenu détective. J'imagine que s'il avait déjà participé à des négociations avec des otages, elle en aurait parlé. Enfin, pour une petite sœur, ça aurait l'air plutôt classe.

— De mon point de vue, ça a surtout l'air terriblement effrayant, dit Abbie en remplaçant sur la table les verres d'eau presque pleins par des verres propres. Personne ne mange, et Becky soupçonnait la patronne du café d'avoir surtout besoin de s'occuper.

— Ça ne m'étonnerait pas qu'il l'ait déjà fait, lâcha Becky.

Les mots lui étaient sortis de la bouche avant même qu'elle y réfléchisse vraiment. Elle se rappelait que lorsque DJ était devenu détective à Dallas, Grace avait été fière de raconter qu'il avait gravi les échelons à une vitesse impressionnante. Becky se souvenait aussi avoir entendu dire qu'être ancien militaire ouvrait certaines portes plus facilement. Une autre fois, elle avait surpris quelques bribes d'une conversation entre son patron et son frère. Elle ne savait pas si DJ parlait de manière générale ou s'il évoquait une expérience personnelle, mais il avait dit qu'un grand nombre de bons policiers vivaient très mal d'être écartés des postes de détective les plus convoités. Les mots n'avaient jamais été prononcés clairement, mais Becky avait eu l'impression que quoi que DJ ait fait chez les Marines, cela l'avait plus que qualifié pour toutes les promotions distribuées par la police de Dallas.

— Je pense qu'il peut le faire.

— Je sais qu'il le peut, murmura Abbie.

La clochette au-dessus de la porte d'entrée tinta, et toutes les têtes se tournèrent pour voir Sean Farraday entrer d'un pas énergique, le plus jeune des fils Farraday et tante Eileen à ses côtés.

— Je ne sais pas à quoi tu t'attendais, disait la femme plus âgée.

— Il n'aide personne à faire les cent pas comme une panthère en cage.

Sean accrocha son chapeau au premier crochet venu et balaya la pièce du regard jusqu'à trouver Abbie.

— DJ veut des sandwichs pour Jake et pour les filles.

— J'arrive tout de suite.

Abbie se tourna vers la cuisine.

— Une commande—

— J'ai entendu ! cria Frank depuis l'arrière, même si ça me fait un mal de chien de donner quoi que ce soit à cet imb... type.

Sa voix bourrue baissa tandis qu'il continuait à marmonner :

— Si DJ pense qu'un sandwich peut remettre Jake dans son bon sens, je trancherai et beurrerai toutes les miches de pain de Tuckers Bluff.

Eileen posa une main sur l'avant-bras de Sean Farraday.

— Essaie aussi de faire avaler quelque chose à Adam. Cette journée risque d'être très longue.

Après avoir longuement regardé sa belle-sœur, le patriarche du clan Farraday se contenta d'un bref hochement de tête. Puis Eileen aperçut Becky et se dirigea droit vers elle.

— Alors, c'est toi, le bébé mystère ?

En agitant doucement les mains devant Brittany, tante Eileen sourit et roucoula avec une tendresse en total contraste avec la gravité de la conversation qu'elle venait d'avoir.

Becky ne put s'empêcher de se demander ce que ferait cette femme si elle savait qui était le père de Brittany.

Ou qui il pouvait être.

CHAPITRE NEUF

— Vous tenez toujours le coup là-dedans ? demanda de nouveau DJ. Il avait la bouche sèche à force de parler.

— Pourquoi ça vous intéresse ?

La tristesse récente dans la voix de Jake indiquait que quelque chose avait changé. La colère impulsive qui avait marqué les réponses précédentes de l'homme avait disparu. Jake semblait reprendre lentement pied.

Comme Jake avait abaissé les stores des portes vitrées, DJ ne pouvait plus rien voir de ce qui se passait à l'intérieur. Il était obligé de tout deviner au ton de sa voix. Et, pour le moment, Jake paraissait surtout épuisé.

— Je veux simplement aider. Ça a été une longue journée. Vous devez être à bout.

— Bien sûr que je suis fatigué, répliqua Jake. Vous ne pouvez pas nous laisser tranquilles ?

Quelque chose avait changé.

Et pas pour le mieux.

DJ connaissait ce ton-là. Il avait déjà entendu ce mélange de désespoir et d'épuisement quand la réalité commençait à percer. Il devait changer d'approche. Tenter autre chose.

— Vous aimez votre femme, n'est-ce pas ?

— Évidemment que je l'aime.

La lassitude était revenue.

Bien.

DJ pouvait travailler avec la fatigue. Le désespoir, lui, était infiniment plus dangereux.

— Charlotte est la meilleure chose qui me soit jamais arrivée, ajouta Jake.

— J'imagine qu'elle ressent la même chose pour vous ?

Dieu savait que ni lui ni Brooks n'avaient réussi à convaincre Charlotte de quitter Jake, pas même pour sa propre sécurité.

— Oui, elle m'aimait.

L'emploi du passé déclencha aussitôt une nouvelle alarme chez DJ.

Merde.

Avait-il engagé la conversation dans la mauvaise direction ? Il était trop impliqué dans cette affaire. Meg était comme une sœur pour lui. La perdre détruirait Adam.

Bon sang, non.

Il ne pouvait pas se permettre d'aller là-dedans. Il ne pouvait pas commencer à douter de lui-même. Il n'avait pas d'autre choix que de suivre son instinct.

— Moi, je n'ai jamais eu personne à aimer. Mes frères, si. Adam aime Meg comme vous aimez Charlotte.

Il prit une inspiration et attendit, espérant une réaction positive.

Un autre silence passa.

DJ changea d'appui et se raidit comme un chien d'arrêt quand la porte d'entrée s'entrouvrit légèrement.

Postés de chaque côté du bâtiment, Reed et Esther dégainèrent leurs armes. DJ les arrêta d'un geste, priant pour qu'aucun des deux n'ait le doigt trop léger sur la détente.

La porte s'ouvrit un peu plus, et le vent porta une voix jusqu'à lui.

Une seule voix.

Celle de Meg.

— S'il vous plaît, dit-elle une fois, puis deux.

Cette fois, DJ avança d'un pas, la main sur la crosse de son arme, le cœur battant plus vite. Le moindre faux mouvement pouvait coûter la vie à Meg.

— Ne m'obligez pas à…

Le coup de feu étouffa le cri de Meg tandis qu'elle était projetée hors de la porte, atterrissant lourdement sur le béton.

La porte claqua derrière elle et, du coin de l'œil, DJ vit Reed retenir Adam.

DJ bondit en avant, se plaça entre Meg et la porte, puis s'accroupit près de sa belle-sœur en cherchant du regard la moindre trace de sang.

— Est-ce que ça va ?

Déjà en train de se relever, Meg se dégagea.

— Charlotte…

Il l'attrapa par le bras, la souleva presque du sol et courut jusqu'à l'endroit où Brooks et Adam attendaient au coin du bâtiment.

— Tu as été touchée ?

Il était presque certain que Jake avait encore tiré en l'air, mais il devait en être sûr.

Meg secoua la tête, les larmes au bord des yeux.

— Non. Ça va.

Le temps filait.

Il le savait avec autant de certitude qu'il s'appelait Declan James Farraday.

Adam échappa à Reed et souleva presque sa femme pour la prendre dans ses bras.

DJ posa une main sur l'épaule de Meg.

— Meg, je suis désolé, mais j'ai besoin de réponses. Maintenant.

Elle se dégagea d'Adam et écarta Brooks d'un geste lorsqu'il lui saisit le poignet pour commencer à jouer au médecin.

— Oh mon Dieu, DJ. Il est fou. Je n'ai jamais vu quelqu'un devenir aussi complètement incontrôlable de toute ma vie. Même pas…

— D'accord. Combien d'armes a-t-il ?

— Je crois qu'il n'en a qu'une.

— Tu crois.

Elle acquiesça.

— Une seule.

— Combien de balles a-t-il tirées ?

— Une dans le plafond quand il a chassé Ned, et une tout à l'heure.

— Tu peux me dire s'il a dit quoi que ce soit sur ce qu'il voulait ?

Meg secoua la tête.

— Je ne comprends pas. Une minute il est parfaitement normal, et la suivante il hurle, il délire. Il renverse les présentoirs, il lance d'énormes sacs de graines à travers le magasin comme s'ils ne pesaient rien. C'était comme voir Superman.

Ou Hulk, pensa DJ.

Meg inspira profondément et resserra sa prise sur la main de son mari.

— Juste après qu'il t'a dit que Charlotte l'aimait, elle lui a dit qu'elle l'aimait encore. Qu'elle l'aimerait toujours. Mon Dieu, comment peut-on aimer un homme pareil quand il devient comme ça ?

Adam serra sa femme contre lui et pressa doucement son épaule pour l'encourager à continuer.

— Après ça, il s'est calmé.

Elle se tourna vers DJ.

— Puis tu as mentionné Adam, et c'est là que Jake nous a ordonné de nous lever. Il s'est excusé. Il a dit qu'il n'avait pas voulu me faire peur. C'était comme si quelqu'un avait appuyé sur un interrupteur et que Mr. Hyde redevenait soudain le doux Dr Jekyll.

DJ regarda Brooks. Son frère hocha la tête, et DJ jeta un coup d'œil à la porte désormais close.

— Je ne voulais pas la laisser là-dedans, dit Meg d'une voix brisée.

— Tu as bien fait.

Il fit un geste entre Meg et Adam.

— Rentrez chez vous tous les deux. Vous avez besoin de repos.

— Non.

Meg gardait la tête haute. Le dos droit. Elle semblait inébranlable.

— Meg, dit Adam doucement.

— Non. Je ne partirai pas d'ici tant que Charlotte ne sera pas sortie de là saine et sauve.

Adam haussa les épaules, Brooks pinça les lèvres, et DJ, comme ses frères, savait qu'il ne servait à rien d'insister.

— Très bien. Mais vous restez ici. Reed n'a pas besoin

de travail supplémentaire.

— Chef ?

Reed se rapprocha.

— Votre père a apporté la nourriture que vous avez demandée.

— Bien.

Reed lui tendit l'un des deux sacs.

— Abbie a aussi envoyé de la root beer. Elle dit que c'est la boisson préférée de Jake.

— Parfait, dit DJ en hochant la tête.

— Elle a aussi ajouté un dessert. Et elle m'a bien précisé de vous dire que Jake aime sa root beer bien fraîche et sa tarte bien chaude.

— C'est bien elle, ça.

Tout ce qui pouvait apaiser la bête féroce.

Bénie soit Abbie.

Sa contribution supplémentaire suffit presque à faire sourire DJ. Forte et intelligente : deux mots qui avaient toujours défini Abbie, avant comme maintenant. Il savait parfaitement qu'il pouvait compter sur elle pour garder son calme en situation de crise.

Reed, le seul autre policier de la brigade à connaître le lien entre DJ et Abbie, acquiesça d'un signe de tête.

Sachant que Meg était entre de bonnes mains et que ses agents le couvraient, DJ s'approcha des portes vitrées. Chaque geste de normalité pouvait aider. Allez. Réponds.

— Quoi encore ? lança Jake.

— J'ai de quoi manger, Jake. Et aussi deux bouteilles de root beer.

— De la root beer ?

La voix de Jake avait presque perdu toute sa vigueur.

— Deux bouteilles.

Silence.

— Elles sont bien fraîches. Posez simplement votre arme et je vous apporte tout ça.

— Non. Vous essayez de me piéger.

— Pas du tout. Voilà ce qu'on va faire. Gardez l'arme, mais laissez sortir Charlotte. Je parie qu'elle est fatiguée, elle aussi. Elle a probablement envie de rentrer chez elle. De se reposer dans son propre lit.

— Elle reste avec moi. Elle me l'a promis.

— D'accord. Une femme doit rester auprès de son mari. Je comprends ça. Et si je posais mon arme, puis que je vous apportais la nourriture et les boissons, et qu'on discutait tranquillement ?

Il entendit la voix de Jake, basse et calme, demander à Charlotte si elle avait faim. La profondeur de la dévotion d'une femme envers celui qui la maltraite le surprenait toujours. Le téléphone devait être en haut-parleur, car la réponse de Charlotte, disant qu'il devait manger lui aussi, résonna clairement.

— Juste ma femme et moi. Laissez la nourriture près de la porte. Nous aurons bientôt terminé.

— D'accord.

DJ adressa un signe de tête à Reed et Esther. Chacun avança depuis sa position. Mon Dieu, comme il aurait voulu croire que Jake parlait de la nourriture. Mais il savait qu'il avait pratiquement épuisé le temps dont il disposait.

Il posa les sacs à portée de bras de la porte, puis revint à sa position précédente. Prenant une nouvelle inspiration, il dégagea son arme et parla dans le téléphone.

— La nourriture est près de la porte. La root beer aussi. Je me suis écarté. C'est à vous.

Les secondes qui suivirent se déroulèrent avec une précision parfaite.

Pour atteindre les deux sacs, Jake dut ouvrir la porte un peu plus largement, se retrouvant ainsi en pleine ligne de mire. Son arme pointait vers l'endroit où Adam et Meg s'étaient tenus quelques minutes plus tôt.

Au signal de DJ, Esther arracha la porte vers elle, DJ avança, le bras de Jake pivota, et DJ tira.

Arme au poing, Reed se précipita à l'intérieur. L'adrénaline battant dans ses veines, DJ donna un coup de pied à l'arme tombée près de la main de Jake, puis fit signe à Brooks.

Les cris perçants de Charlotte couvrirent tous les autres bruits.

Mon Dieu qu'il détestait les journées comme celle-là.

La détonation résonna dans tout le café comme un pot d'échappement qui éclate.

Sauf que tout le monde savait qu'elle n'avait rien à voir avec une voiture et tout à voir avec ce qui se passait au magasin d'alimentation animale.

L'écho s'éteignit, et chaque personne présente resta figée, les yeux tournés vers la fenêtre, incapable de voir l'agitation derrière les barricades, attendant un deuxième coup de feu.

Rien.

— C'est bon signe… non ? demanda Becky sans quitter l'extérieur des yeux.

— Ça dépend.

La prise d'Abbie sur la cafetière se resserra.

— Si un policier était touché, on verrait l'enfer se déchaîner. Alors j'imagine que nos hommes vont bien.

Peu après le départ de Sean Farraday avec la nourriture demandée par DJ, Connor et Catherine étaient arrivés avec la petite Stacey. En bavardant et en coloriant, l'enfant avait imposé une ambiance plus légère à tous ceux qui attendaient. Jusqu'à maintenant.

À côté de Becky, les épaules de tante Eileen s'affaissèrent sous le soulagement puis, presque aussitôt, ses yeux s'arrondirent tandis qu'elle se tournait vers Abbie.

— Meg ?

Abbie secoua la tête.

— Honnêtement, je n'en sais rien. Mais si vous me demandez mon avis, l'absence de nouveaux coups de feu n'augure rien de bon pour Jake. Soit quelqu'un l'a neutralisé…

— Soit il s'est tiré dessus, murmura Kelly. Pauvre Charlotte.

— Je ne sais pas, dit tante Eileen. Sa vie doit être un enfer avec cet homme.

Elle tendit le doigt vers la rue.

— On dirait qu'il se passe quelque chose.

Tous les regards se tournèrent vers l'agitation plus haut dans Main Street. Personne ne dit mot jusqu'à ce que la voiture de patrouille de Tuckers Bluff déboule dans la rue, sirène hurlante, suivie de près par le véhicule de Brooks.

Ce qu'Abbie ne parvenait pas à déterminer, c'était si la blessure était potentiellement mortelle et si cette sirène signifiait qu'ils fonçaient rejoindre un hélicoptère pour un transport vers Butler Springs, ou si les blessures étaient suffisamment légères pour qu'un long trajet en voiture reste envisageable.

Aucune des deux possibilités ne la rassurait.

— Ça va ? demanda Frank en s'approchant d'elle avec la discrétion d'un Navy SEAL en mission nocturne.

Abbie hocha la tête. Elle s'était occupée. S'occuper aidait à contenir les souvenirs, à tenir les rappels à distance.

— Mieux que je ne l'aurais cru.

Le regard de Frank s'attarda sur elle, de la tête aux pieds, évaluant soigneusement son état d'esprit.

— Ça ne me renseigne pas beaucoup.

L'inquiétude dans ses yeux donna à Abbie une raison de sourire. Beaucoup de gens tenaient à elle ici, à Tuckers Bluff. Des gens qui comptaient pour elle.

— Ça va. Et toi…

Elle releva le menton en direction de la cuisine.

— …tu dois retourner cuisiner. Je m'attends à un service du soir très chargé.

Frank prit encore une seconde, puis haussa les épaules et lui tourna le dos en marmonnant :

— Esclavagiste.

Le sourire d'Abbie s'élargit.

Tuckers Bluff était un bon endroit à appeler chez soi, quelle que soit la folie qui venait encore de secouer Main Street.

CHAPITRE DIX

— Encore du thé ? demanda Toni.

Becky secoua la tête. Une tasse de plus et elle risquait de flotter jusqu'au bout de Main Street. Ses projets de rentrer chez elle avec Brittany pour y attendre DJ avaient été balayés plusieurs heures plus tôt par tante Eileen.

Une fois l'agitation initiale qui avait suivi la confrontation retombée, Toni et Donna, l'une des serveuses du café, étaient revenues au Silver Spurs avec la petite fille de Donna. Toni avait accompagné Donna à Butler Springs pour son rendez-vous chez l'obstétricien. Dieu merci, elle n'avait pas été en ville pendant les moments les plus terrifiants. Cela dit, elle avait pâli à vue d'œil pendant que tante Eileen racontait ce qui s'était passé. Sans surprise pour personne, Meg avait insisté pour accompagner Charlotte à l'hôpital, et bien sûr Adam avait insisté pour accompagner Meg.

Lorsque les conversations et l'activité au café avaient retrouvé quelque chose qui ressemblait à peu près à la normale, Connor et Stacey étaient repartis avec Finn vers le ranch. Des hommes comme eux ne supportaient de rester là à ne rien faire qu'un temps limité. Connor tenait à ramener Stacey à la maison au cas où des policiers en uniforme passeraient, et Finn n'était pas mécontent non plus de retourner à ses corvées dès qu'il eut la certitude que tout le monde était sain et sauf.

Sean Farraday, ce roc sur lequel tous les autres s'appuyaient, avait simplement attendu que chacun soit compté et que les barrages soient levés avant de prendre son camion pour Butler Springs. Adam, Meg et Charlotte étaient partis avec DJ dans la voiture de patrouille. Sean avait été le seul à comprendre qu'avec Brooks et DJ retenus par leurs obligations, Adam et Meg auraient besoin d'un moyen de rentrer ensuite.

Après avoir embrassé Connor pour lui dire au revoir avec un lyrisme digne d'un mélodrame hollywoodien, Catherine était restée pour pouvoir ramener tante Eileen quand celle-ci voudrait enfin rentrer chez elle. Vu ce qu'elle avait perdu par le passé, il n'était pas étonnant qu'elle et Connor comprennent mieux que quiconque la valeur des êtres qu'on aime.

Comme tante Eileen préférait rester en ville pour attendre le retour du reste de ses garçons depuis Butler Springs, le clan Farraday s'était déplacé jusqu'au bed and breakfast afin que Toni puisse s'occuper des quelques clients de Meg pendant qu'ils attendaient ensemble d'autres nouvelles. La façon dont tante Eileen appelait presque toujours ses neveux *ses garçons* donnait immanquablement envie de rire à Becky. Des hommes adultes, grands comme des arbres, et ils resteraient toujours *les garçons* de tante Eileen.

La conversation s'interrompit au grondement d'un camion dans l'allée. Cela faisait presque une heure que DJ avait téléphoné depuis l'hôpital pour prévenir Becky qu'il revenait en ville. Une portière claqua, puis une autre, puis encore un moteur qu'on coupait et d'autres portières qui claquaient. Becky garda les yeux fixés sur l'entrée de la cuisine de l'ancienne maison victorienne transformée en chambre d'hôtes par Adam et Meg. Adam fut le premier à franchir la porte, Meg blottie sous son bras. DJ entra juste derrière eux, suivi de son père.

— Bon, dit Catherine en regardant Meg, je crois qu'il est temps de ranger la théière et de sortir le tire-bouchon. Rouge ou blanc ?

— Blanc, répondit Meg sans hésiter.

— Quelqu'un d'autre ? demanda Catherine en balayant la pièce du regard.

— Pour moi, ce sera un scotch, lança Sean Farraday depuis l'autre côté du vaste îlot central.

— Je vais chercher la bouteille.

Adam se remit debout et traversa la cuisine.

Brittany était encore à cet âge où elle passait l'essentiel de ses journées à dormir. Dans un coin du petit salon de devant, un berceau ancien, acheté au départ uniquement pour la décoration, se révélait finalement parfaitement adapté à un bébé de la taille de Brittany.

C'est là que Becky trouva DJ.

— Ça va ? demanda-t-elle.

Le regard toujours posé sur le petit paquet, DJ hocha la tête.

— Brooks est encore à l'hôpital ?

— Oui.

DJ continuait à regarder Brittany.

— Je n'ai touché Jake qu'à l'épaule. Rien de grave, mais il a quand même dû être opéré. Brooks a voulu rester jusqu'à ce qu'il se réveille. Il a demandé des examens complémentaires.

— Qu'est-ce qui va lui arriver ?

— Maintenant, c'est entre les mains du comté.

DJ leva les yeux vers le plafond et expira profondément.

— Charlotte n'arrêtait pas de s'excuser pour son mari. Je n'arrive pas à comprendre comment elle peut rester à ses côtés après ce qu'il a fait.

— Peut-être qu'elle reste justement à cause de ce qu'il a fait.

La tête de DJ se tourna brusquement vers elle, son regard d'acier se posant sur son visage.

— Cet homme aurait pu la tuer… elle et Meg.

— Je sais.

— Toi, tu resterais avec un homme comme ça ?

Il lui fallut une seconde pour imaginer ce qu'elle ferait si Ethan rentrait un jour profondément changé et devenait une menace pour elle-même ou pour ceux qui tenaient à lui.

— Honnêtement, je n'en sais rien.

— Je ne comprends pas.

DJ recula d'un pas du berceau puis se tourna pleinement vers elle.

— Tu penses à Ethan, n'est-ce pas ?

Elle hocha une fois la tête.

— La guerre détruit certaines personnes.

Cette fois, DJ inclina le menton en signe d'accord avant de se retourner vers le bébé endormi et de marmonner :

— Hoorah.

— Qu'est-ce qui te tracasse vraiment ? osa-t-elle demander.

DJ fit un pas de côté.

— Tout et rien.

— Ça fait beaucoup.

— Oui. C'est vrai.

Son poids passa d'une jambe à l'autre tandis qu'il se frottait la nuque avant de laisser retomber sa main.

— Je croyais avoir laissé tout ça derrière moi à Dallas. Mais la merde finit toujours par te suivre, quoi que tu fasses.

Becky n'avait pas la moindre idée de ce qu'elle pouvait répondre à ça.

— En ce moment même, Charlotte est assise sagement au chevet de son mari. Sa sœur, venue de Houston, est à côté d'elle. Charlotte veut qu'il guérisse et qu'il rentre à la maison, alors que sa sœur veut le voir en prison.

— Et toi ?

— Moi, je n'arrête pas de penser au gamin au grand cœur que je connaissais à l'école, et j'essaie de l'imaginer derrière les barreaux.

DJ secoua la tête.

— Peut-être que je ne lui ai rendu aucun service en visant son épaule.

La douleur dans ses yeux attira Becky un peu plus près. Elle s'arrêta à côté de lui et laissa ses doigts se poser sur son bras.

— Tu ne peux pas réparer le monde. Aucun de nous ne le peut.

Leurs regards se croisèrent, et elle sentit soudain une brusque décharge d'énergie passer entre eux. Les yeux de DJ glissèrent jusqu'à l'endroit où sa main reposait sur son bras, et ses doigts à elle se soulevèrent sous l'effet de cette chaleur inattendue.

— Vous comptez rester plantés là toute la journée, tous les deux ? lança Toni en entrant dans la pièce. Je n'arrive pas à croire que je vais bientôt en avoir un comme ça.

Le regard de DJ remonta lentement jusqu'à celui de Becky et s'y attarda une seconde de plus avant qu'il ne recule et se tourne vers sa belle-sœur avec un petit rire.

— Moi, je n'arrive pas à croire que mon frère va bientôt en avoir un comme ça.

Le sourire sur les lèvres de Toni n'atteignait pas tout à fait ses yeux. Becky ne connaissait pas tous les détails de l'histoire entre Brooks, Toni, son défunt mari, le mariage précipité et cette grossesse qui n'avait pas encore été officiellement annoncée, mais, quelle qu'elle soit, elle était à peu près certaine que c'était à cela qu'on devait imputer ce sourire vacillant.

Sentant encore la chaleur de sa peau au bout des doigts, Becky serra les poings puis, en se tournant vers Toni, força un sourire.

— Au moins, Brooks se débrouille déjà mieux pour changer les couches.

Le rire hésitant de Toni dissipa la tension qui flottait encore dans la petite pièce.

— Oh, il a intérêt à devenir bien meilleur que ça !

— Il y arrivera, dit Becky. On le laissera s'entraîner encore un peu sur Brittany avant de rentrer.

— Ça me paraît être un excellent plan.

Le téléphone de Toni sonna et, en voyant le nom affiché, son visage s'éclaira.

— Quand on parle du loup.

Elle montra l'écran une seconde avant d'accepter l'appel et de s'éloigner dans le couloir.

Le regard de Becky suivit sa silhouette.

— Ils ont vraiment l'air très heureux, tu ne trouves pas ?

— Oui, répondit DJ. Ils le sont.

Tout à coup, les hommes Farraday semblaient disparaître de la liste des célibataires les plus convoités de la ville à une vitesse impressionnante. Peut-être qu'il y avait quelque chose dans l'eau, après tout.

DJ aimait sa famille. Vraiment.

Mais ce soir, il n'arrivait pas à s'éloigner assez vite de la foule et des questions. À n'importe quel autre moment, quand son aide n'aurait pas été promise à une femme pleine de caractère et à un bébé abandonné, il se serait retranché derrière son bureau pour s'attaquer à la montagne de paperasse et de procédures administratives qui suivait l'usage d'une arme de service. À la place, un siège-auto à la main, il gravit les marches de ce qui avait autrefois été l'appartement de son frère.

— Il faudrait que je te donne une clé.

Becky le dépassa pour atteindre la porte d'entrée.

L'idée surprit DJ.

Il n'était qu'un invité. Une clé, c'était autre chose. Quelque chose de plus permanent. En baissant les yeux vers le bébé, ses pensées partirent dans tous les sens. Combien de temps avant les résultats de l'ADN ? Qu'arriverait-il quand ils tomberaient ? Que ferait-il si cette petite fille était sa nièce ? Et si elle ne l'était pas ?

Becky ouvrit la porte et s'effaça.

— Comme on est bien chez soi.

Une fois encore, ses mots le prirent au dépourvu.

Chez soi ?

Il n'avait plus vraiment connu ça depuis qu'il avait quitté le ranch. Bien sûr, il avait un endroit où poser ses fesses, regarder la télévision et se glisser sous les couvertures quand il ne dormait pas au poste, mais un foyer ?

Becky accrocha ses clés au crochet près de l'entrée, puis se retourna sur elle-même.

— Je suppose qu'on peut la laisser dans le siège-auto jusqu'à ce qu'elle se réveille en réclamant à manger.

— Tu supposes ?

Jusqu'ici, DJ s'était contenté de suivre le mouvement de Becky. Elle paraissait si sûre d'elle avec le bébé, comme si elle en avait déjà élevé toute une ribambelle.

Becky haussa les épaules.

— Hé, le baby-sitting ne t'apprend pas tout non plus.

Comme personne ne lui avait jamais demandé de garder un enfant de toute sa vie, elle restait très largement en avance sur lui dans le domaine *qu'est-ce-qu'on-fait-maintenant*.

— Où est-ce que je la mets ?

— Je suppose, répondit-elle avec un sourire avant de détourner le regard, que la chambre fera l'affaire.

— Va pour la chambre.

Il posa le siège-auto à côté du lit parapluie et sourit. Farraday ou pas, pour un bébé, celle-ci était plutôt adorable. Il avait à peine franchi le seuil que son regard tomba sur le derrière de Becky au moment où elle se redressait devant le réfrigérateur, une bouteille de bière à long col à la main.

— Tu as soif ?

Il fallut quelques secondes pour que la salive revienne dans sa bouche et qu'il puisse former des mots.

— Ce serait parfait. Merci.

Installé sur le canapé, il posa sa cheville sur son genou et prit une longue gorgée.

Pas assez fraîche.

— Tu n'en prends pas une, toi ?

À l'autre bout du canapé, la main déjà tendue vers la télécommande, Becky secoua la tête.

— Je n'ai jamais pris goût à la bière.

Gardait-elle de la bière pour quelqu'un d'autre ? Était-elle retournée avec Ben ? Non, DJ l'avait vu dîner avec l'institutrice au café quelques soirs plus tôt.

— Pourquoi est-ce que tu gardes de la bière au frigo si tu n'aimes pas ça ?

— Parce que toi, tu l'aimes.

Sa botte retomba lourdement sur le sol.

— Pardon ?

— Après une longue journée au ranch, vous aimez tous prendre une bière. Parfois après le dîner aussi.

DJ cligna des yeux. Elle avait raison. Chaque fois qu'il travaillait avec Finn et ses frères, ils buvaient souvent une bière fraîche avant le repas. Mais cela faisait une éternité que Becky n'était pas venue dîner au ranch.

— Tu te souviens de ça ?

Elle hocha la tête.

Il baissa les yeux vers l'étiquette.

Sa bière préférée.

— Quand as-tu eu le temps d'aller acheter ça ?

— Il y a eu un moment calme en milieu de matinée et, pendant que tout le monde se passait Brittany, j'en ai profité pour aller chercher deux ou trois choses.

— Comme ma bière préférée ?

Une teinte rosée lui monta aux joues et elle balaya la remarque d'un haussement d'épaules.

— J'avais aussi besoin d'œufs et de pain.

Et de bière pour lui.

À cet instant précis, DJ se dit qu'il serait terriblement facile de s'habituer à une vie comme celle-ci. Un canapé confortable. Une boisson fraîche. Un bébé adorable. Et une femme belle, attentionnée.

Une femme ?

DJ cligna des yeux et posa les yeux sur Becky.

Du même âge que sa petite sœur, Becky avait sept ans de moins que lui. Quand il avait obtenu son diplôme de fin d'études secondaires, ni elle ni Grace n'avaient encore atteint les années adolescentes les plus ingrates. Quand il était revenu des Marines, il se sentait vieux de cent ans, et Becky et Grace étaient au lycée, à glousser et pousser des petits cris pour les raisons les plus absurdes. Même quand il était revenu à Tuckers Bluff pour prendre le poste de chef de la police, Becky, bien que majeure, restait pour lui la douce gamine qui traînait toujours avec Grace.

Bon sang, jusqu'à il y a quelques jours à peine, il continuait de la voir comme une petite sœur de plus. Même le fait de travailler avec Adam entretenait cette image persistante de la gamine énergique d'à côté, celle qui venait faire du bénévolat à la clinique le week-end parce qu'elle aimait les animaux.

Mais Mlle Rebecca Wilson était tellement plus que ça.

Comment avait-il pu passer à côté ?

Il avait toujours remarqué qu'elle était gentille,

compétente, et même jolie. Mais adulte, elle était devenue forte. Plus que compétente : elle prenait les choses en main et s'en sortait avec brio. La profondeur de son instinct protecteur allait bien au-delà des adorables chatons. Elle se battait pour les bébés sans défense et savait même apaiser les hommes épuisés par le monde, ceux qui avaient vu trop d'ombre.

Elle était devenue une sacrée femme.

Une femme amoureuse de son frère.

Et ça, franchement, c'était bien le pire.

Il vida une autre longue gorgée et força son regard à quitter Becky pour se tourner vers la télévision. Elle zappait d'une chaîne à l'autre et s'était arrêtée sur une chaîne diffusant de vieux films. Son esprit repartait sans cesse vers les scènes de la journée. Pendant un moment au moins, penser à Becky l'avait empêché de penser à Jake, à Charlotte et au désastre absolu que cette situation était devenue. Il aurait dû savoir. Il aurait dû le voir venir. Il aurait dû comprendre que Jake était une poudrière prête à exploser — et à emporter quelqu'un avec lui.

Au lieu des doux petits gazouillis qui accompagnaient d'ordinaire les réveils de Brittany, un cri aigu traversa la pièce. Lui et Becky se levèrent d'un bond et se précipitèrent dans la chambre. Le visage rouge, les pieds battant l'air, la petite Brittany hurlait de toute la force de ses poumons.

— Doucement, doucement, murmura Becky en la prenant contre son épaule. Je parie que tu as juste fait un vilain rêve.

En temps normal, le bébé se calmait un peu dès qu'on la prenait dans les bras. Même quand elle avait faim ou qu'elle s'impatientait, elle ne hurlait jamais comme ça.

— Je vais chercher son biberon ?

Il savait qu'elle n'avait pas mangé si longtemps auparavant, mais rien ne semblait la rendre aussi heureuse qu'un biberon chaud. Ce qu'il n'aimait pas du tout, en revanche, c'était ce petit pli qui se creusait entre les sourcils de Becky.

— Je vais d'abord lui changer la couche. Peut-être qu'elle a fait caca. On ne peut pas lui reprocher de ne pas vouloir rester dans une couche sale.

DJ acquiesça.

— Un biberon chaud arrive tout de suite.

Il n'était pas encore prêt à affronter le caca de bébé.

Dans la cuisine, il s'occupa du biberon en attendant que les cris cessent. Ou au moins diminuent. Mais rien. Le biberon fut prêt, Becky traversa la pièce en la berçant, en la balançant, en la cajolant, et Brittany n'en avait absolument rien à faire.

— Laisse-moi essayer.

Il tendit les bras, et les sourcils de Becky montèrent haut sur son front. Il ne pouvait pas lui en vouloir : lui-même était un peu surpris d'avoir entendu ses propres mots. Ils étaient sortis avant que son cerveau ait eu le temps de les filtrer. Si Becky n'arrivait pas à calmer Brittany, pourquoi diable pensait-il qu'il pourrait y arriver, lui ?

— D'accord.

Elle le surprit en lui confiant le bébé. Immédiatement, DJ se retrouva à reproduire les mêmes bercements, les mêmes balancements, les mêmes petits bonds qu'elle venait d'essayer.

Sans plus de succès.

— Essaie le biberon, ajouta-t-elle.

Oui.

Le biberon.

Déjà soulagé à l'idée de retrouver bientôt un bébé calme et satisfait, DJ la cala au creux de son bras et effleura ses lèvres avec la tétine. Si quelque chose changea, ce fut pour empirer : elle hurla plus fort encore pendant quelques secondes avant de lui vomir dessus un flot de substance blanche et crémeuse.

Et lui qui avait cru que la première moitié de la journée représentait déjà l'enfer.

L'heure qui suivit se transforma en un véritable brouillard. DJ berçait le bébé. Becky faisait les cent pas avec elle. Ils se relayaient. Après quelques tentatives supplémentaires avec le biberon, toutes soldées par de nouveaux rejets, ils abandonnèrent rapidement l'idée pour revenir à la marche, au bercement et même aux chansons.

Apparemment, *You Are My Sunshine* semblait beaucoup plaire à ce bébé de fort mauvaise humeur. DJ se demanda si c'était la mélodie en elle-même ou si sa mère la lui chantait autrefois. Son esprit revint aussitôt à l'image de Brittany sous un banc, dans une boîte en carton, et il se dit qu'aucune mère capable d'une chose pareille n'avait probablement jamais chanté pour son enfant.

— Tu crois qu'on devrait appeler Brooks ? proposa-t-il, complètement dépassé et franchement inquiet.

Becky mordilla sa lèvre inférieure, et DJ fut frappé d'une envie aussi soudaine qu'incongrue de se pencher pour la mordiller lui aussi.

— Il est presque minuit.

— À quoi ça sert d'avoir un frère médecin si on ne peut pas l'appeler au milieu de la nuit ?

— Je déteste l'idée de l'embêter après une journée comme aujourd'hui si c'est juste un bébé qui recrache un peu comme ça arrive parfois.

Elle revint s'acharner sur cette lèvre inférieure.

— Au moins, ça ne sort pas des deux côtés. Je parie qu'une fois calmée, elle ira mieux.

— D'après toi, qu'est-ce que c'est ?

Becky secoua la tête.

— Je n'en suis pas sûre, mais elle a l'air de s'être enfin endormie.

Tellement absorbé par ces lèvres, il n'avait même pas remarqué que Brittany s'était assoupie sur son épaule.

— Oui… peut-être que le pire est passé.

Il jeta un coup d'œil au bébé immobile, puis revint vers Becky.

— Tu crois que je peux essayer de la coucher ?

Sans hésiter, Becky secoua la tête.

— Pas encore. Attendons qu'elle soit vraiment profondément endormie.

Il pouvait adhérer à cette idée.

— Tu crois que c'est pour ça que sa mère l'a abandonnée ? demanda Becky. Parce qu'elle pleure la nuit ?

— Tu veux dire ce soir. Hier, elle allait bien.

Enfin, au moins par tranches de deux heures.

— C'est vrai.

Becky secoua la tête.

— Je sais que des femmes abandonnent leurs enfants tous les jours, mais je n'arrive tout simplement pas à comprendre comment.

DJ avait appris depuis longtemps à cesser d'essayer de comprendre les horreurs du monde, mais, pour le coup, il était enclin à lui donner raison.

— Tu crois qu'Ethan essaiera de la retrouver ? demanda Becky en passant doucement un doigt le long du bras du bébé.

Il lui fallut quelques secondes pour comprendre qu'elle parlait de la mère, pas de l'enfant, et il secoua la tête.

— J'ai déjà demandé à Brooklyn de la chercher. Au cas où.

— Vraiment ?

Les yeux de Becky s'arrondirent.

— Elle a renoncé à ses droits, mais je veux être sûr que tout a été fait dans les règles.

La lumière sembla soudain s'éteindre un peu dans les yeux de Becky.

— Même si on la retrouve, reprit-il rapidement, cela ne veut pas dire qu'Ethan aura envie de la contacter.

— Qui te dit qu'il ne sait pas déjà comment la retrouver ? Il a forcément son numéro ou quelque chose comme ça, non ?

DJ cligna des yeux.

Comment était-il censé répondre à ça ?

Comment expliquer à quelqu'un d'aussi douce et gentille que Becky qu'un Marine en permission, surtout après avoir vécu dans un trou à rats avec tout un peloton d'hommes sales et épuisés, ne se préoccupait pas vraiment de savoir dans quel lit il terminait la nuit ? Plus c'était joli, mieux c'était, certes, mais après suffisamment d'alcool, même ça cessait d'avoir de l'importance. Prendre les noms et les numéros ne faisait généralement pas partie du programme.

— Je sens l'odeur du bois brûlé.

L'esquisse d'un sourire lui tirait un coin des lèvres.

— Pardon ?

— Tu réfléchis trop fort. Si la petite ligne entre tes sourcils se creuse encore, tu vas finir par te faire un claquage du cerveau.

— Ce n'est rien.

— Je n'en crois pas un mot.

Elle jeta un regard vers la fenêtre du salon puis revint à lui.

— Tu crois que je ne comprends pas.

— Je n'ai pas dit ça.

Elle haussa les épaules.

— Tu n'en as pas eu besoin. Ce n'est pas parce que je choisis de ne pas m'attarder sur la vie qu'Ethan mène que j'ignore qu'il peut y avoir une fille dans chaque port.

— Ça, c'est pour les marins.

— Donc tu es en train de me dire qu'Ethan est un modèle de vertu et que cet enfant n'est qu'une anomalie ?

Bon sang, il aurait préféré revenir à une conversation sur la pêche dans le ruisseau, les avantages et inconvénients des différentes marques de couches, ou même Jake Thomas.

— C'est à ce point-là ? demanda-t-elle en se laissant retomber, les jambes repliées sous elle. J'imagine toujours Ethan exactement comme il apparaît sur ses réseaux sociaux. Souriant, riant, entouré de ses copains. Mais je sais bien qu'il n'est pas un saint.

Un sourire entendu fit doucement remonter ses lèvres.

— Aucun de vous, les frères, ne l'est.

DJ n'avait jamais prétendu être un saint. Mais, pour une raison qui lui échappait, le fait d'entendre Becky évoquer ses relations d'adulte parfaitement normales lui donnait envie de se tortiller comme un gamin surpris en train d'embrasser quelqu'un sur le canapé familial.

Son sourire s'élargit.

— Tu es mignon quand tu rougis.

— Merci. C'est exactement l'effet que je recherchais.

— Declan James Farraday, mignon est un compliment.

Il n'eut pas le temps de masquer son léger tressaillement à l'utilisation de son nom complet, et Becky leva les yeux au ciel.

— Chaque fois que *Declan* et *James* étaient prononcés dans la même phrase, c'est que j'étais dans de très gros ennuis. Si *Farraday* se rajoutait à la fin, c'est que je pouvais déjà préparer mon dernier souffle.

— Je ne pense pas que c'ait jamais été si dramatique. Et puis...

Elle haussa doucement les épaules.

— J'ai toujours trouvé que t'appeler DJ, c'était un peu gâcher un si beau prénom.

On lui avait dit beaucoup de choses sur son nom. Surtout chez les Marines, où jouer avec les prénoms des autres était presque aussi naturel que manger du pop-corn au cinéma. Il s'estimait surtout heureux que certaines des versions les moins flatteuses n'aient jamais vraiment pris. Passer quatre ans chez les Marines avec un surnom du genre *Coin-Coin* aurait pu changer bien des choses.

— Merci. Pour ce que ça vaut, j'ai toujours trouvé que Rebecca t'allait très bien. C'est un très joli prénom.

Une ravissante nuance de rose colora les joues de Becky.

Toutes les couleurs lui allaient à merveille.

Pour son propre bien, DJ décida qu'il était temps de changer de sujet.

Brittany n'avait pas bougé, et il espérait qu'ils avaient passé le pire.

— Voyons si je peux la coucher pour qu'on dorme un peu.

Becky hocha la tête et, lentement, ils retournèrent dans la chambre. DJ fit de son mieux pour passer le bébé de son épaule à ses mains, puis du creux de ses mains au lit parapluie. Il resta parfaitement immobile, retenant son souffle, guettant le cri strident qui retentirait si Brittany décidait qu'elle n'avait aucune intention de passer la nuit. Lorsqu'il fut convaincu qu'elle allait rester profondément endormie, il fit un pas en arrière. Becky commença elle aussi à reculer quand Brittany remonta brusquement les fesses et décida d'exercer ses poumons.

— Et c'est reparti.

DJ la reprit aussitôt contre son épaule et recommença à

marcher et à la bercer.

La journée la plus longue de sa vie semblait décidément refusée à se terminer.

CHAPITRE ONZE

Luttant pour ouvrir les yeux, Becky grimaça sous la douleur qui lui raidissait la nuque et l'épaule gauche. Elle rêvait d'un vaste champ de foin désert, où se trouvaient seulement un énorme taureau, un veau nouveau-né encore chancelant et un cow-boy à moitié nu. Elle cligna rapidement des yeux ; la brume du matin qui embrumait son esprit se dissipait peu à peu. Elle n'était pas dans un champ avec un taureau ni avec aucun autre animal. Elle était dans son salon, recroquevillée sur la causeuse et… ah oui.

Elle se redressa d'un bond et regarda d'abord vers la porte de la chambre avant d'apercevoir DJ sur le canapé en face d'elle. Il portait toujours son pantalon, mais avait retiré son tee-shirt la dernière fois que Brittany avait régurgité sur lui. Ce qui expliquait sans doute ce rêve absurde. À une extrémité du canapé, ses bottes dépassaient du bord ; à l'autre, sa tête penchait en avant, le menton contre la poitrine. Elle ne serait donc pas la seule à souffrir d'un torticolis.

La petite responsable de leur nuit blanche et de ses rêves troublants, de ceux qui auraient sans doute amusé Freud, dormait blottie dans le creux du bras de DJ.

Vers trois heures du matin, elle et DJ avaient recommencé à marcher de long en large et à bercer Brittany pour l'endormir une dernière fois. Eux aussi avaient dû sombrer peu après, car Becky ne se souvenait de rien ensuite.

À présent, elle observait ce doux géant endormi avec le précieux bébé dans les bras. Toute sa vie, elle avait imaginé des scènes comme celle-ci — mais avec Ethan. Le beau casse-cou blond finirait par ranger ses jouets hors de prix et reviendrait s'installer pour de bon. Non pas que ses missions dans l'armée eussent quoi que ce soit d'un jeu ; c'était dangereux, terriblement dangereux, et elle le savait. Même maintenant, son ventre se nouait presque chaque jour à l'idée que l'une de ces missions était sans doute la raison pour laquelle Ethan n'avait répondu à aucune des récentes tentatives de contact de ses frères.

Mais, pour la première fois, en regardant DJ dormir, le bras protecteur autour de Brittany, le bébé d'Ethan, quelque chose s'éclaircit en elle. C'était précisément Brittany qui changeait tout. Becky n'avait jamais été assez naïve pour s'imaginer que ce bébé relevait d'une quelconque conception immaculée. Malgré l'air ahuri que DJ lui avait lancé, elle n'avait jamais cru qu'Ethan se désintéressait des femmes. Elle s'était simplement arrangée pour ne pas penser à quel point leur compagnie pouvait lui plaire. Ce n'était que la veille au soir, au détour de quelques instants calmes et en voyant les expressions tendues passer sur le visage de DJ, qu'elle avait compris combien de femmes avaient probablement compté dans la vraie vie d'Ethan. Du moins pendant ses permissions.

Elle et DJ étaient à moitié abrutis par le manque de sommeil quand Brittany était enfin tombée dans son premier vrai sommeil profond de la nuit. À un moment ou à un autre, les mots « fille de bar » et « coup d'un soir » avaient été prononcés une fois de trop à son goût, et Becky avait compris que les remarques de DJ sur la crainte possible de tante Eileen de découvrir combien d'autres enfants Ethan aurait pu engendrer n'étaient pas tout à fait la plaisanterie qu'elle avait voulu y voir.

Et c'est là que la réalité l'avait frappée de plein fouet. L'homme gentil, charmant, si doux, qu'elle adorait depuis qu'il lui était venu en aide en première année, avait probablement couché avec toutes les jolies femmes consentantes qu'il croisait. Bon, peut-être pas toutes. Mais vu le regard presque compatissant que DJ lui avait lancé, Becky se disait que la vérité ne devait pas être si loin de là.

Elle traversa lentement la pièce et se glissa sans bruit dans la cuisine, désireuse de laisser dormir DJ aussi longtemps que possible. Elle dosa le café et le prépara bien fort, comme il l'aimait, avant d'ajouter une cuillerée supplémentaire. Ils allaient en avoir besoin tous les deux. D'après ses calculs, leur dernière sieste avait duré deux heures pleines, ce qui lui faisait peut-être trois heures de sommeil en tout, au mieux. De là où elle se tenait, DJ avait l'air complètement assommé. À tel point que, si elle n'avait pas su ce qu'ils avaient traversé la nuit précédente, elle aurait presque vérifié son pouls pour s'assurer qu'il n'était pas mort dans son sommeil.

La chose la plus raisonnable à faire maintenant serait de prendre une douche rapide pendant que le café passait. Le problème, c'était qu'elle avait toutes les peines du monde à détacher les yeux du torse nu de DJ.

Cet homme portait déjà remarquablement bien une chemise, tout le monde le savait. Plus d'une fois, entre filles, elles avaient plaisanté sur le beau derrière dont tous les frères avaient été généreusement dotés. Grand, brun et terriblement séduisant : la formule venait facilement à l'esprit quand on parlait d'un Farraday. Mais la dernière fois qu'elle en avait vu un sans chemise, elle n'était encore qu'une petite fille et eux n'étaient que des adolescents dégingandés. Les choses avaient bien changé.

Des bras musclés, puissants, tenaient toujours fermement Brittany. Une force née du travail physique et d'un entraînement sain. Une fine toison de poils sombres et bouclés s'étalait d'un téton à l'autre — juste assez pour donner envie à une femme d'y laisser courir les doigts. Les mêmes poils descendaient ensuite le long de son ventre, tournoyaient autour de son nombril et disparaissaient en V sous sa boucle de ceinture défaite. L'homme savait décidément être sexy. Et elle valait bien toutes ces filles de bar, à le dévorer ainsi des yeux sans la moindre gêne alors qu'il dormait sur son canapé.

— Bonjour, lança-t-il d'une voix basse et rauque qui lui hérissa aussitôt les bras.

Le cœur battant, elle leva brusquement les yeux vers la cuisine. Depuis combien de temps était-il réveillé ? L'avait-il surprise en train de le regarder ? De regarder son torse ?

Mon Dieu… sa ceinture ?

Morte de honte à l'idée d'avoir été prise en flagrant délit de contemplation, elle rassembla tout son courage, priant pour ne pas rougir comme une pensionnaire modèle, puis murmura :

— Je fais du café.

Sa voix à lui se fit plus grave encore.

— Que Dieu te bénisse.

Elle laissa échapper un petit rire. Le bon côté de cette situation complètement folle, c'était qu'elle découvrait un DJ drôle, détendu, facile à vivre, qu'elle ne connaissait pas — au fil des cafés du matin, des conversations tardives et même des vieux films regardés ensemble. Quand elle et Grace étaient jeunes, il était simplement plus âgé. Quand il était revenu vivre au pays après les Marines et son travail à Dallas, il lui avait toujours semblé être l'adulte sérieux par excellence. Elle admirait son sens du devoir, son parcours, sa respectabilité. Mais ce côté-là de DJ lui plaisait énormément.

Posant sa main libre derrière la tête de Brittany, DJ ramena lentement les jambes vers lui et se redressa jusqu'à s'asseoir.

— Je la prends ? demanda Becky en contournant rapidement le canapé pour venir se placer devant lui.

— Il faut que j'aille aux toilettes.

Elle acquiesça et prit délicatement le bébé dans ses bras. Brittany remua, gigota un peu, et pendant quelques secondes Becky craignit de voir recommencer les pleurs et l'agitation. Mais la petite se tassa contre son épaule, et elle comme DJ poussèrent un soupir de soulagement bien audible.

Avec un léger mouvement du menton et un sourire, DJ fit un pas, puis roula la nuque de droite à gauche. Becky savait qu'elle ne devrait pas, mais elle garda les yeux fixés sur lui tandis qu'il traversait la pièce. Sous tous les angles, cet homme était incroyablement séduisant. Et elle était vraiment terrible de recommencer à le reluquer comme ça. Il lui fallait sérieusement trouver un homme à elle.

Merde.

Devant le lavabo de la salle de bains, DJ s'aspergea le visage d'eau fraîche et expira plusieurs longues bouffées d'air. Ce dont il avait besoin, c'était d'une bonne douche glacée. Jamais il n'avait autant apprécié la discipline imposée par un vieux jean bien solide. Quand il s'était réveillé en pensant à Becky pour la découvrir en train de le regarder, chaque centimètre de sa peau s'était tendu sous la sensation de son regard glissant sur lui comme si ses mains douces l'avaient caressé à la place. La seule chose qui avait empêché certaines réactions très masculines de se manifester de façon franchement embarrassante, c'était de savoir que, même si ses yeux étaient posés sur lui, l'homme auquel elle pensait ne pouvait être qu'Ethan. Ethan et son bébé.

Et puis, ce n'était vraiment pas le moment de se laisser déstabiliser par une femme. Surtout pas par celle-là. Une sacrée journée l'attendait : la fusillade impliquant Thomas, le suivi des prélèvements ADN, et ce pauvre petit bébé malade dont il fallait s'occuper. Brittany passait évidemment avant tout.

Tout en se brossant les dents puis en rebouclant sa ceinture, il jeta un coup d'œil à son torse nu. La veille, Brittany avait eu raison des quelques tee-shirts propres qu'il avait apportés avec lui. À un moment ou à un autre dans la journée, il faudrait ajouter à sa liste déjà interminable un passage chez lui pour récupérer davantage de vêtements. Et clairement plus de tee-shirts qu'en temps normal.

Il prit une minute pour passer dans la chambre et en ressortit avec une chemise d'uniforme propre. Il était encore en train de la boutonner quand il s'arrêta dans le petit couloir. De là, il voyait Becky et l'entendait chanter tout bas au minuscule bébé endormi. Son cœur se serra.

Ethan était un sacré veinard — s'il ouvrait enfin les yeux sur ce qu'il avait juste devant lui. Un adorable bébé et une femme qui ne se demandait même pas comment cet enfant était arrivé là.

DJ se força à avancer. Dans son métier, il ne pensait pas souvent au foyer, à la vie de famille. Mais, à cet instant précis, l'idée d'avoir une femme qui l'aimerait, lui et son bébé, lui paraissait un rêve terriblement doux.

— Alors, quel est le verdict ? demanda Becky.

— Difficile à dire avec certitude, répondit Brooks en refermant sa sacoche médicale.

Se faire tirer du lit juste après six heures du matin, après une journée et une nuit pareilles, n'était pas exactement ce qu'il préférait — surtout quand Toni dormait encore bien au chaud contre lui.

— Quelques plaques rouges, de légers signes de sécheresse cutanée, et ces vomissements… Je soupçonne une allergie au lait maternisé que vous lui avez donné.

— Je ne savais pas, murmura Becky en baissant les yeux vers le bébé.

DJ, lui, regardait Becky. L'inquiétude se lisait dans les deux regards. Intéressant. Ce n'était pas tellement surprenant que DJ se fasse du souci pour la santé d'un bébé, quel qu'il soit, mais le malaise dans ses yeux semblait clairement dirigé vers Becky, pas vers l'enfant. Voilà qui changeait la donne.

— Qu'est-ce qu'on fait maintenant ? demanda DJ.

— La plupart des allergies chez les nourrissons viennent d'une protéine présente dans les laits maternisés à base de lait de vache. Je ne sais pas exactement ce que les sœurs ont en stock. Vous pourriez essayer une formule à base de soja. Environ quinze pour cent des bébés allergiques au lait classique le sont aussi au soja, donc elle a quand même quatre-vingt-cinq pour cent de chances que ça convienne.

— Et si elle fait partie des quinze pour cent ?

— Il existe encore deux ou trois autres solutions. J'ai des échantillons de deux formules différentes à la clinique, mais vous devrez probablement aller vous réapprovisionner à Butler Springs.

Il referma sa mallette d'un coup sec.

— Donnez-lui un peu d'eau pour l'instant, histoire de lui remplir l'estomac. Je suis sûr que Sœur ou Sissy sera ravie d'ouvrir plus tôt si vous les appelez.

— Merci. Je t'apprécie vraiment d'être venu si tôt.

Brooks rit doucement. S'il était resté à Dallas, il n'aurait jamais fait de visite à domicile. Mais il n'aurait échangé sa vie ici pour rien au monde — sauf, peut-être, contre un remède contre le cancer. Et encore.

— La prochaine fois, n'attendez pas le matin pour appeler.

DJ tendit les bras, et Becky lui remit le bébé. Personne ne dit un mot. DJ tapota doucement le dos de Brittany et partit vers la cuisine. Becky, elle, se tourna vers la porte. Il fallut quelques secondes à Brooks pour rassembler ses pensées avant de suivre Becky.

En seulement quelques nuits, ces deux-là avaient trouvé un rythme parfaitement fluide, jusqu'à communiquer sans paroles.

Oh oui.

Ça devenait vraiment très intéressant.

CHAPITRE DOUZE

— Va faire une sieste. C'est un ordre.

Adam lança un dossier sur le comptoir et secoua la tête en regardant Becky.

— Sérieusement, on dirait que tu sors d'un épisode de *The Walking Dead*. On peut gérer ici.

Plus d'une fois ce matin, Becky s'était assoupie à son bureau, se réveillant en sursaut quand le poids de sa tête la faisait basculer en avant. Au moins deux fois, elle avait tendu à Adam le mauvais dossier patient. Comment elle avait réussi à confondre une vieille chatte nommée Gertrude avec un jeune chien appelé Max, elle n'en avait pas la moindre idée. Ni les numéros, ni les lettres, ni même les couleurs des dossiers ne se ressemblaient de près ou de loin.

Jusqu'ici, le nouveau lait semblait convenir à Brittany, mais Becky avait laissé Kelly et les techniciens de labo se relayer pour nourrir le bébé, de peur de s'endormir et de laisser tomber la pauvre petite.

— Tu vois, tu es trop fatiguée pour répondre. Allez, file, insista Adam.

— Le bébé…

— On s'en occupe très bien. Trop bien, même. Va te coucher.

— T'es un bon patron.

Les mots qui sortirent de sa bouche ressemblaient plutôt à quelque chose comme : « T'es un bon pat'on », mais soit Adam ne l'avait pas remarqué, soit il s'en fichait. À présent, elle n'avait plus qu'à mettre un pied devant l'autre et monter l'escalier. Jamais un lit ne lui avait paru aussi merveilleux. Elle n'avait aucune idée de la façon dont les parents arrivaient à vivre, travailler et élever des enfants —

plusieurs, parfois — jour après jour, mais elle était plus que prête à laisser la petite Brittany à ses parents à plein temps.

À mi-chemin de la porte d'entrée, elle s'arrêta près du berceau pliant et jeta un coup d'œil au bébé endormi.

Ou peut-être pas.

— Je n'aime pas ça, déclara Reed, debout à côté de DJ dans son bureau.

— Tu n'es pas obligé d'aimer. C'est comme ça.

La procédure était la procédure. Toute fusillade impliquant un policier devait faire l'objet d'une enquête, que ce soit dans un coin perdu de l'ouest du Texas ou dans une grande ville survoltée comme Dallas. La mise en congé administratif était inévitable. Dans un service de la taille de celui de Tuckers Bluff, DJ continuerait à faire son travail depuis son bureau — enfin, la majeure partie.

— Et puis, ce n'est pas comme si je ne passais pas déjà une bonne partie de mes journées assis sur cette chaise.

— Pas hier.

Les mains croisées dans le dos, Reed se tenait au garde-à-vous. Certaines habitudes prises chez les Marines étaient plus difficiles à perdre que d'autres.

— C'est bien pour ça qu'on attend qu'un enquêteur vienne déclarer que tout peut reprendre normalement.

DJ détestait cette partie du métier, mais il n'allait certainement pas le montrer à son homme. Attendre de savoir si on avait encore un emploi, ou si on allait se retrouver devant un tribunal à cause d'un procureur obstiné, de médias en quête de sensationnel ou de témoins incapables de remettre de l'ordre dans leurs souvenirs, et encore moins dans les détails d'une fusillade survenue dans la panique, n'avait rien d'agréable. Au moins, ici et maintenant, aucun de ces problèmes ne devrait entrer en ligne de compte. Les faits étaient clairs, et les témoins s'en sortiraient tous. Espérons-le le plus vite possible.

Reed changea légèrement d'appui, sa posture se

détendant un peu.

— Une idée du temps que ça va prendre ?

— Quelques jours. Quelques semaines. Qui sait, bordel.

DJ entendit la frustration dans sa propre voix et força ses épaules à se relâcher, sentant aussitôt une partie de la tension quitter son corps. Ce n'était pas comme s'il n'avait pas déjà une montagne de problèmes à gérer. À Dallas, il serait chez lui à tourner en rond. Ici, au moins, il pouvait continuer à faire l'essentiel de son boulot. La seule différence, c'était que, contrairement à hier, si l'enfer se déchaînait de nouveau — ce qui n'arrivait pas tous les quatre matins à Tuckers Bluff — ce serait Reed qui donnerait les ordres.

— Je suppose que je vais passer l'après-midi à remplir des formulaires jusqu'à ce que mes doigts tombent. Avec un peu de chance, tout ça sera réglé assez vite.

— Le vieux Thomas est revenu en ville pour ouvrir le magasin d'alimentation animale.

La tension revint instantanément dans les épaules de DJ.

— Tu ferais bien de garder un œil sur l'endroit. Le vieux bouc ne supportera ni les commérages ni les curieux.

Ce serait peut-être le bon moment pour que DJ aille récupérer la commande de Finn au magasin, ou la passe si ce n'était pas encore fait.

— Des nouvelles de Jake et Charlotte ?

La première chose qu'il avait demandée à Brooks ce matin, c'était des nouvelles de Jake. *Stable* était le seul mot que Brooks avait consenti à lui donner. DJ devait retrouver Adam et Brooks au café dans peu de temps. Non pas qu'il ait grand-chose à raconter, mais c'était une habitude qu'ils avaient prise dès qu'ils le pouvaient et, ce matin-là, non seulement il le pouvait, mais il en avait besoin. Il tourna le poignet pour vérifier l'heure.

— Je serai au Silver Spurs si tu as des questions.

Il marqua une pause et balaya du regard le bureau qui était son domaine depuis son départ de Dallas.

— C'est à toi.

La mâchoire serrée, Reed acquiesça d'un signe de tête.

Ouais, mon vieux. DJ savait exactement ce que le type

ressentait. Il avait appris depuis longtemps qu'on ne contrôlait pas tout dans la vie, mais là, tout de suite, il aurait vraiment aimé qu'au moins une chose se passe comme elle le devait.

D'ordinaire, DJ aurait sauté dans sa voiture de patrouille pour parcourir la courte distance entre le poste et le café, mais tant que l'enquête sur la fusillade impliquant Thomas ne serait pas close, il ne pouvait répondre à aucune affaire de police qui ne concernait pas directement son bureau et son ordinateur. Et puis, un peu d'exercice ne lui ferait pas de mal. Il se répéta cette vérité à chaque pas jusqu'à atteindre la porte d'entrée.

— Comment va mon grand ?

En l'apercevant depuis l'autre bout du café, Abbie se hâta de venir à sa rencontre.

DJ ne prit même pas la peine de répondre ; il se contenta de hocher la tête. Lui et Abbie se connaissaient depuis longtemps. Depuis bien avant son arrivée en ville à la recherche d'un travail — et d'un peu de paix.

Arrivée devant lui, Abbie attrapa deux menus et en profita pour étudier son visage. Comme personne à Tuckers Bluff n'avait réellement consulté un menu depuis leur impression, à l'époque où Frank avait pris les commandes de la cuisine, DJ savait exactement ce qu'elle faisait. Après avoir gagné autant de temps qu'elle le pouvait sans attirer l'attention, elle dut décider qu'il n'allait pas exploser devant tout le monde, car elle hocha la tête en retour et lui fit signe de la suivre.

— Tes frères sont au fond avec leurs femmes. Tu vas peut-être devoir jouer les médiateurs. Toni est furieuse.

DJ regarda devant lui et ne sut pas s'il devait rire ou s'enfuir à toutes jambes. Il était presque certain qu'à tout moment, du feu allait jaillir des narines de Toni et de la vapeur de ses oreilles.

— Qu'est-ce qui l'a mise dans un état pareil ?

— Qu'est-ce qui met toujours une femme en colère ? L'argent et les hommes. Mélange explosif.

Elle lui fourra le menu dans les mains et, avec un geste un peu appuyé en direction de la table, lui sourit avant de retourner vers les autres clients qui attendaient.

Maintenant qu'il était assez près pour distinguer le blanc des yeux de tout le monde, il était presque sûr qu'il ferait mieux de prendre ses jambes à son cou. On ne gagnait jamais une dispute — et c'était clairement ce que c'était — quand les femmes étaient liguées contre les hommes. Après avoir observé leurs parents pendant des années, puis leur tante Eileen, Brooks avait forcément appris que, si la maîtresse de maison n'était pas heureuse, personne ne l'était.

— Je devrais peut-être repasser plus tard ?

La question était d'une lâcheté consommée, mais l'un des grands principes de survie consistait à vivre assez longtemps pour voir le lendemain.

— Non, répondirent quatre voix d'un ton sec.

Il attrapa une chaise vide à une table voisine et la tira jusqu'au bout de la leur.

— Est-ce que je veux savoir pourquoi vous avez tous l'air d'avoir trouvé du gravier dans votre petit-déjeuner ?

— Ton frère est d'une obstination à toute épreuve.

Toni croisa les bras et se renversa sur son siège. C'était la première fois que DJ pouvait se souvenir de les voir tous les deux autrement que parfaitement heureux l'un avec l'autre.

— Ce n'est pas de l'obstination. Ce n'est pas mon argent.

— Exactement, répliqua Toni en se penchant de nouveau en avant. C'est le mien, maintenant, et j'ai le droit d'en faire ce que je veux. Enfin, d'une partie !

DJ jeta un regard à gauche puis à droite, remarquant aussitôt qu'Adam et Meg se faisaient remarquablement discrets.

— Dis-lui, lança Brooks en pointant un doigt de DJ vers Toni.

— Je plaide le cinquième amendement. Surtout que je n'ai absolument aucune idée de ce sur quoi vous vous disputez.

Brooks expira longuement.

— Après vous avoir quittés, Becky et toi, ce matin, je

suis allé jusqu'à Butler Springs pour voir Jake.

— Ce que tu n'aurais pas eu besoin de faire si on avait une petite clinique ici, en ville.

— Je ne suis pas chirurgien généraliste.

Toni se renversa de nouveau sur sa chaise. DJ voyait bien, à la façon dont ses doigts tambourinaient contre son coude, qu'elle n'était pas convaincue.

— Mais en cas d'urgence, tu aurais pu intervenir, non ?

Un autre soupir profond s'échappa de son frère.

— Oui.

— Et si la ville avait eu une clinique, Jake aurait pu passer son IRM plus tôt, n'est-ce pas ?

— On n'en sait rien.

Brooks secoua la tête.

— Ça n'aurait peut-être rien changé du tout.

— D'accord, j'admets ce point. Mais aujourd'hui, ce serait plus simple pour tout le monde, y compris pour Charlotte, si Jake passait ses examens ici.

— Des examens ? demanda DJ.

— On lui a fait passer une IRM ce matin. Je soupçonnais un problème physiologique, mais je n'arrivais pas à le faire admettre à Butler Springs.

— Et… ? pressa Meg, prenant la parole pour la première fois depuis l'arrivée de DJ.

Brooks passa deux doigts le long de sa tempe. La fatigue marquait tous ses traits.

— Tu sais très bien que Charlotte nous le dira quand on arrivera là-bas cet après-midi, insista Meg.

— Vous avez déjà entendu parler des lois HIPAA ?

Brooks laissa retomber sa main le long de son corps.

— Oh, pour l'amour du ciel, on ne va pas te dénoncer, et Charlotte non plus, souffla Toni.

Brooks se tourna vers DJ.

— Toi aussi, tu vas l'apprendre rapidement.

DJ ne mentionna pas qu'il se trouvait à présent un peu plus bas dans la chaîne de commandement que la veille.

— Jake a une tumeur au cerveau. Vu sa taille et son emplacement, ça pourrait très bien expliquer ses accès de violence de plus en plus fréquents.

— Opérable ? demanda Adam.

— Je ne suis pas neurochirurgien…

Les lèvres de Toni se pincèrent tandis qu'elle lançait un regard noir à son mari. Il était clair pour tout le monde autour de la table que, selon elle, son mari pouvait marcher sur l'eau et pratiquer n'importe quelle opération les mains attachées dans le dos.

— …mais, à mon avis, oui. Et avant que tu poses la question, si la tumeur est bien à l'origine de sa colère, Jake pourrait redevenir lui-même.

— Eh bien, Dieu merci, dit Meg en hochant la tête, une ébauche de sourire adoucissant ses traits.

— Ce qui nous ramène à la clinique ici, à Tuckers Bluff.

L'expression de Toni s'adoucit.

— Si quelqu'un d'autre proposait de lancer un fonds pour sa construction, tu accepterais sans hésiter.

Cette fois, la mâchoire de Brooks se crispa, et DJ sut que Toni visait juste.

— Bon, je vais risquer ma peau. Qu'est-ce qui vous oppose exactement ? demanda DJ.

Toni se tourna vers lui.

— Le chèque de l'assurance-vie de William a été encaissé par ma banque. Je veux mettre de l'argent de côté pour les études du bébé, mais je voudrais utiliser le reste pour lancer un fonds pour la clinique.

Cette fois, DJ comprit. Il regarda droit vers Brooks.

— Si cet argent venait de n'importe qui d'autre en ville, qu'est-ce que tu dirais ?

Question sacrément simple, mais elle devait être posée par quelqu'un d'autre que la personne qui offrait l'argent.

Brooks regarda Adam de l'autre côté de la table. L'aîné des Farraday haussa les épaules. Meg fit de même quand le regard de Brooks passa d'Adam à DJ.

— J'imagine que je commencerais à chercher un terrain.

— Et voilà mon deuxième argument.

Toni prit une gorgée d'eau.

— J'ai croisé Mme Rogers devant le Cut and Curl ce

matin. Elle m'a dit qu'après hier, M. Rogers avait décidé d'arrêter de repousser sa retraite et de partir vivre quelque part où il fait chaud toute l'année, avec davantage de distractions pour les personnes âgées que se bercer sur un porche en écoutant leurs artères durcir.

Meg se tourna vers Adam.

— C'est laquelle, la propriété des Rogers ?

— La grande maison d'avant-guerre juste à la sortie de la ville.

Adam leva les yeux vers Brooks, pensant sans doute exactement à la même chose que DJ. Cette vieille bâtisse ferait un excellent petit hôpital de proximité — et à plus forte raison une clinique.

— En réalité, précisa Toni, avec toutes ces briques, c'est plutôt de style géorgien, mais elle a probablement été construite pendant la période antebellum.

Toutes les têtes se tournèrent vers elle.

— Hé.

Toni haussa les épaules d'un air détaché.

— J'ai suivi quelques cours d'architecture historique pour éviter que mon cerveau n'explose à force de ne faire que des maths.

Meg secoua la tête, l'air complètement perplexe.

— Tu n'as pas besoin de faire des maths pour dessiner des plans d'architecture ?

— Pas le même genre de maths qu'en comptabilité. Le design, c'est bien plus amusant.

Toni se frotta les mains avec un sourire.

— Alors ? J'ai raison ou j'ai raison ?

DJ regarda son frère, croisa les bras et sourit. À sa gauche, il voyait Adam faire exactement la même chose. Le pauvre Brooks était en nette minorité. Et quand tante Eileen découvrirait ce que Toni voulait faire, il y aurait bientôt au milieu de la ville un grand panneau en bois avec un thermomètre rouge pour mesurer les dons, sans parler de toutes les collectes de fonds qui s'abattraient sur Tuckers Bluff avant même que Brooks ait le temps de marmonner la moindre objection.

Oui, malgré tout ce qui allait de travers dans la famille

Farraday, quand il s'agissait de femmes pleines de caractère, certaines choses tournaient très bien.

CHAPITRE TREIZE

Mon Dieu… quatre heures.

Becky s'était juré de ne s'allonger que vingt minutes. Une petite sieste éclair. Elle avait même mis son réveil.

Et l'avait dormi tout du long.

Elle bondit hors du lit comme si la maison était hantée et que le fantôme des Noëls passés la poursuivait, puis chercha ses chaussures avant de se rendre compte qu'elle ne les avait même pas enlevées.

Épuisée, elle s'était traînée jusqu'à la chambre et s'était écroulée sur le matelas. Qu'allaient penser les autres, en la voyant laisser ce petit bébé pendant des heures ? Bon, peut-être pas *laisser*, mais certainement négliger ses responsabilités. Elle fila dans la salle de bains, se rinça la bouche pour chasser l'haleine de sommeil, attrapa ses clés et ressortit en trombe, dévalant les escaliers jusqu'à la clinique vétérinaire.

En trottinant vers la porte arrière, elle trouva l'endroit étrangement calme pour un lieu d'ordinaire rempli de bruits d'animaux, de leurs propriétaires et des employés allant et venant dans tous les sens. Ce n'est qu'en atteignant les bureaux de devant qu'elle comprit. Adam avait libéré tout son après-midi pour rencontrer ses frères. Les techniciennes avaient refermé les portes de la salle des chenils, et tout le personnel était regroupé autour de Brittany.

— Est-ce que quelqu'un a travaillé aujourd'hui ?

— Non, répondit Kelly avec un grand sourire. C'est presque comme être grand-parent. Tout le plaisir, sans aucune responsabilité.

— On fait juste notre part pour maintenir le calme,

ajouta Pat, l'une des techniciennes de laboratoire. Quand on reste ici, les pensionnaires du chenil ne font pas tout un vacarme.

— Oui, renchérit Kelly. Loin des yeux, loin du cœur.

Était-ce ainsi que la mère de Brittany l'avait abandonnée ? Loin des yeux, loin du cœur ?

— Merci pour la pause. J'étais plus fatiguée que je ne le pensais.

— Et imagine un peu, dit Kelly en désignant le bébé dans les bras de Pat, comme tu serais épuisée si tu faisais ça pendant des années, si elle était à toi.

— Eh bien, elle ne l'est pas, donc la question ne se pose pas.

Et pourquoi ces mots-là lui firent-ils mal ?

Becky n'était pas pressée d'avoir des enfants. Comme toutes les petites filles, elle avait grandi avec des rêves de romance et de magie, avec l'idée de tomber amoureuse. Elle s'était toujours imaginé passer quelques années heureuse avec son mari avant de fonder une famille. Des années légères et joyeuses, comme celles qu'Adam et Meg semblaient vivre chaque fois qu'elle les voyait. Boire du regard l'expression éperdue de son mari, exactement comme les trois aînés Farraday regardaient leurs femmes. La manière même dont elle s'était toujours figuré qu'Ethan la regarderait dès qu'il remarquerait qu'elle n'était plus simplement la gamine maigrelette d'à côté.

Sauf que s'occuper de Brittany ces deux derniers jours l'avait manifestement plus épuisée qu'elle ne l'avait cru. Les rêves et les images d'elle et Ethan étaient devenus flous, brumeux, comme s'ils s'effilochaient.

Et puis, comment perdre quelqu'un qu'on n'a jamais eu ?

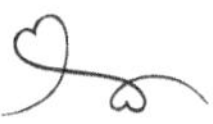

— Charlotte et sa sœur logent dans un motel, mais on a promis de passer les voir aujourd'hui.

Debout près de la table du coin, Toni se pencha pour

embrasser son mari. Ses yeux cherchaient les siens, souriant à l'amour qu'ils y lisaient en retour. Bon sang, n'importe qui pouvait voir au premier coup d'œil que cet homme adorait sa femme, même lorsqu'elle venait de le faire céder dans une discussion.

— J'aurais voulu partir plus tôt, dit Meg avant de poser un baiser léger sur les lèvres de son mari. On dirait bien qu'on va dîner avec Charlotte à Butler Springs. Tu vas t'en sortir tout seul ?

Adam hocha la tête et, pour faire bonne mesure, attira Meg dans ses bras pour l'embrasser d'une façon un peu plus fervente.

DJ toussota.

— Je vous rappelle qu'il y a d'autres gens dans le café.

Meg laissa son front reposer une seconde contre celui d'Adam, puis contourna DJ pour lui donner une tape sur l'épaule.

— Tu as déjà envisagé de te trouver une fille à toi ? Tu ne rajeunis pas, tu sais.

C'était bien fait pour lui d'avoir ouvert la bouche.

Ces derniers temps, pourtant, l'idée d'avoir une fille à lui s'insinuait dans ses pensées — et sous sa peau — plus souvent qu'il n'était prudent. Sans aucune envie de parler de son congé administratif, ni de l'enquête qui l'attendait, ni même de la manière dont toutes ces nouvelles découvertes allaient encore compliquer ce gâchis, DJ choisit d'aborder l'autre complication qui pesait sur leurs vies.

— Brooklyn m'a transféré un e-mail du laboratoire ADN. Ils confirment avoir bien reçu les échantillons. Tout est prêt pour l'analyse.

— Dans combien de temps on aura les résultats ? demanda Adam.

— Brooklyn dit qu'on pourrait les avoir dès demain.

Brooks siffla entre ses dents.

— Ce type-là a soit des relations en or massif, soit il ment comme un arracheur de dents.

— Je pencherais plutôt pour les relations en or massif. Je suis presque sûr qu'on a été remontés en tête de liste.

Adam ouvrit la bouche pour répondre, la referma

aussitôt, regarda autour de lui, puis se pencha au-dessus de la table.

— On termine cette conversation dans mon bureau.

Brooks et DJ acquiescèrent tous les deux en se levant. À la caisse, les frères réglèrent l'addition et, chapeau à la main, DJ remit le sien sur sa tête, salua Abbie d'un signe du menton, puis suivit ses frères de l'autre côté de la rue jusqu'à la clinique vétérinaire.

— Tu sais, dit Adam en regardant par-dessus son épaule tandis qu'il menait la marche, la propriété des Rogers n'est pas en ville comme tu le voulais, mais tu pourrais probablement avoir la maison et les terrains immédiats pour presque rien, puis laisser Larry Rogers vendre le reste au plus offrant.

— Pas grand monde ne veut d'une grande vieille bâtisse comme celle-là, ajouta DJ. Je ne pense pas que toutes ces pièces aient été utilisées depuis des générations.

— Je comprends, les gars. J'admets que j'ai déjà pensé la même chose de cette vieille maison une ou deux fois, mais je n'ai jamais cru que Larry accepterait de vendre.

— Pourquoi pas ? demanda Adam en ouvrant la porte de la clinique. Aucun de ses enfants n'est éleveur. Je ne me souviens même pas de la dernière fois où toute la famille est revenue pour les fêtes.

— C'est vrai, dit DJ en franchissant le seuil. L'an dernier, ils ne sont pas tous partis en croisière à Noël ?

— Si, confirma Brooks d'un signe de tête. Et c'est Larry qui a tout payé.

— Tu vois, conclut Adam en retirant son chapeau. Moi, je parie sur un prix défiant toute concurrence.

Regroupées près du bureau d'accueil, toutes les femmes tournèrent la tête à l'entrée des trois frères.

Adam désigna le couloir.

— On sera dans mon bureau.

— On dirait que la nouvelle formule lui convient ? demanda Brooks en s'arrêtant près de Becky pour observer le bébé, visiblement de bonne humeur.

— On dirait bien, répondit Becky. Même si moi, j'étais en haut en train de dormir.

Adam sourit.

— Tu as meilleure mine.

— Merci bien.

Becky lui adressa un sourire mutin, et l'estomac de DJ fit un drôle de saut.

Il devait sérieusement apprendre à contrôler ses réactions face à Becky.

La Becky d'Ethan.

En ralentissant à sa hauteur, DJ remarqua que la couleur était revenue aux joues de Brittany, et que ses yeux semblaient de nouveau clairs et alertes. Bien. Voir le bébé aller mieux suffisait à éclairer un peu cette journée par ailleurs détestable. Et n'était-ce pas encore un revirement de plus qu'il n'avait pas vu venir ? Ce qui ajoutait un point supplémentaire à la conversation qu'ils allaient avoir.

Dans le bureau, porte refermée, Adam prit place derrière son bureau. DJ se laissa tomber dans l'un des fauteuils visiteurs et leva les yeux vers son frère.

— On sait bien que si Brittany est une Farraday, elle devrait être avec Ethan…

— S'il est prêt à quitter les Marines et à rester au pays, précisa Adam.

Brooks haussa les épaules.

— Beaucoup de militaires ont une famille tout en étant déployés. Ethan n'a pas besoin de quitter l'armée pour avoir la garde.

— On sait tous que, qu'Ethan reste ou non, dit DJ en regardant tour à tour chacun de ses frères, si Brittany est une Farraday, on prendra soin d'elle.

Adam et Brooks acquiescèrent.

— Ma question, poursuivit-il, c'est : qu'est-ce qu'on fait si la mère a menti ? Qu'est-ce qui se passe si ce petit bébé adorable dont toute la ville est en train de tomber amoureuse n'est pas celui d'Ethan ?

Les regards passèrent de l'un à l'autre avant qu'Adam ne se renfonce dans son siège en poussant un soupir.

— Tu crois vraiment qu'elle pourrait ne pas être de lui ? DJ secoua la tête.

— Honnêtement, je n'en sais rien. J'ai quelques

éléments préliminaires sur la mère. Brooklyn continue de creuser. Pour l'instant, je sais déjà qu'elle a un sacré passé. À quinze ans, elle a été arrêtée pour vol à l'étalage, rodéo en voiture, et une fois pour avoir été dans un véhicule où il y avait des bouteilles d'alcool ouvertes. Elle a fugué à seize ans. Mariée à dix-sept, divorcée à dix-huit. Puis elle a disparu des radars pendant quelques années avant de refaire surface en Californie.

— Et ensuite ? demanda Brooks.

— Deux ou trois arrestations pour conduite en état d'ivresse, quelques contraventions impayées à Chula Vista, près de San Diego. Une arrestation pour possession, mais aucune condamnation. Très bon avocat.

— Qui a payé cet avocat ? demanda Adam.

— Les rapports de police ne donnent pas ce genre d'information. C'est bien pour ça que Brooklyn continue à enquêter.

Adam posa les coudes sur son bureau.

— Et sa famille ?

— Ses parents sont morts. Les dossiers des services pour mineurs mentionnent une tante.

Brooks joignit les mains en clocher.

— Donc tu penses qu'elle ment ?

— Je pense surtout que c'est le genre de fille qui savait probablement comment s'amuser.

— Et qui aurait eu assez de conscience pour choisir un type bien comme père ? Adam se renversa dans son siège. Non, ça ne colle pas.

Brooks adressa un signe de tête à son frère aîné.

— En permission, un marin en vaut bien un autre. La seule raison pour laquelle Ethan aurait pu se distinguer dans le lot, c'est si elle avait pris le temps de faire quelques recherches sur Internet.

— Farraday Ranch, dirent Adam et DJ en même temps.

Brooks tapota le bout de son nez avec son index.

— Ding ding ding. Le monsieur remporte le gros lot.

— Ce qui nous ramène exactement à notre point de départ, conclut DJ. Qu'est-ce qu'on fait si Brittany n'est pas une Farraday ?

CHAPITRE QUATORZE

Avec Brittany qui faisait tranquillement la sieste dans la salle de pause, le personnel vétérinaire n'avait guère eu d'autre choix que de reprendre un semblant de travail normal. Même après une longue sieste, Becky avait encore l'impression d'avoir tourné à plein régime sans la moindre pause et, avec DJ, Adam et Brooks enfermés dans un bureau, il lui était difficile de se concentrer sur ce qu'elle faisait. Une partie d'elle s'attendait à voir Connor et Finn débarquer. Une autre se demandait si on l'inviterait à les rejoindre. Bien sûr, ce n'était pas parce qu'elle avait été incluse dans la discussion au sujet de Brittany l'autre soir qu'elle le serait encore maintenant. Et puis elle supposait peut-être à tort que cette réunion privée concernait le bébé. Pour ce qu'elle en savait, cela pouvait aussi bien porter sur les projets professionnels de Connor et son mariage à venir que sur la situation complètement folle de Jake et Charlotte Thomas.

La porte du bureau d'Adam s'entrouvrit et Becky releva aussitôt les yeux.

— Tu es sûr que tu ne veux pas venir dîner au ranch avec nous ? demanda Brooks, le premier à sortir, en lançant la question à DJ par-dessus son épaule.

— Non. Vous savez tout ce que je sais. Tenez-moi juste au courant de ce que Connor et Finn en pensent.

Brooks acquiesça et donna une tape dans le dos de son frère. Ils avaient tous l'air parfaitement calmes, presque de bonne humeur. Cela laissait penser qu'ils avaient abordé des sujets plus agréables, comme Connor et sa future nouvelle famille.

Se détachant du groupe, Adam s'arrêta près de Kelly.

— Je pars plus tôt. Je vais au ranch. Vous pouvez filer dès que vous voulez.

Kelly leva le pouce avec un sourire.

— Compris.

Adam lui rendit son sourire, tapota son anneau d'Aggie contre le comptoir et prit la direction de la porte.

Après encore quelques tapes dans le dos et hochements de tête, DJ quitta ses frères pour traverser la pièce jusqu'à Becky.

— Je m'occupe du dîner ce soir.

— Ça ne me dérange pas si tu préfères aller au ranch avec tes frères.

Elle désigna Adam et Brooks qui quittaient déjà la clinique.

— Non. Je reste en ville.

Becky hésita une seconde, puis acquiesça. C'était un grand garçon. Il avait bien le droit de faire ce qu'il voulait.

— Dès que Brittany se réveillera, je rentrerai à la maison.

— Parfait.

DJ se repoussa du comptoir. À la façon dont il traînait encore là, Becky eut l'impression qu'il avait autre chose à dire. Mais il se contenta de hocher la tête avant de repartir dans le sillage de ses frères.

Près d'une heure plus tard, Brittany était bien réveillée et s'occupait toute seule à pousser de petits bruits adorables et à souffler des bulles de bave, version nourrisson. À part le technicien de nuit chargé des animaux en pension ou en convalescence après une opération, Becky était la dernière employée encore présente à la clinique. Sous prétexte d'un rendez-vous galant, Kelly s'était éclipsée quelques instants à peine après leur patron. Son amie aux courbes généreuses avait rencontré un homme la dernière fois qu'elles étaient sorties au Boot n Scoots pour leur soirée entre filles, et les choses semblaient bien avancer. En grandissant, Kelly avait été ce que la grand-mère de Becky appelait « agréablement potelée ». D'autres auraient choisi des termes moins flatteurs. Elle portait encore quelques kilos en trop, mais ils s'étaient répartis en courbes que bien assez d'hommes semblaient apprécier. Y compris ce nouveau cowboy dans sa vie. Becky n'avait en revanche aucune idée de avec qui elle allait désormais sortir les samedis soirs sans cavalier si les choses devenaient sérieuses entre Kelly et son nouveau cowboy. Mais elle était heureuse pour son amie.

Quant à Pat, la technicienne principale du laboratoire, elle était restée un peu plus longtemps, le temps d'attendre la relève avant de rentrer chez elle. Seule, Becky avait tout rangé et attendait simplement que Brittany réclame son repas.

— Allez, ma chérie.

Le siège-auto accroché à un bras et son sac à main sur l'autre épaule, Becky ne pouvait pas avancer assez vite. Brittany était un bébé plutôt patient. En temps normal — c'est-à-dire lorsqu'elle n'était pas malade comme un marin ivre — elle aimait regarder autour d'elle et tendre les bras vers ce qui l'entourait, s'occupant ainsi jusqu'à ce que la faim finisse par prendre le dessus. Son humeur paisible ce soir-là renforçait l'impression de Becky que le pire de cette histoire de lait maternisé était derrière elles.

Dans un coin de son esprit, Becky s'accrochait à l'idée que plus Brittany parvenait à s'occuper entre deux biberons, plus elle pourrait peut-être dormir longtemps la nuit sans se réveiller affamée. C'était un pari un peu fou, mais après deux nuits à dormir trop peu, les paris fous gagnaient un charme inattendu.

Dès qu'elle franchit le seuil de son appartement, les odeurs alléchantes de nourriture chaude la frappèrent de plein fouet.

— Oh là là. Tu ne m'avais pas dit que tu savais cuisiner.

Elle referma la porte derrière elle d'un coup de pied.

— Je ne sais pas cuisiner. Enfin… si, un peu, mais tout ce que je prépare sort en général d'un grill ou d'une casserole d'eau bouillante.

— Un homme à pâtes, donc ?

Elle rit de son expression faussement outrée, et son estomac fit ce drôle de petit saut quand un sourire tendre apparut sur son visage.

— L'homme ne vit pas que de pain, mais une entrecôte ou des spaghettis me vont très bien.

Ses glandes salivaires lui signalaient déjà que, quel que soit le menu, ce serait délicieux. En essayant d'identifier cette odeur familière, elle inspira de nouveau.

— Oh mon Dieu… c'est les lasagnes de Frank ?

— Exactement.

Avec des maniques en forme de homard aux mains, DJ avait l'air absolument adorable. Il ne lui manquait plus qu'un tablier bien trop grand pour compléter parfaitement son look de beau cowboy dans une cuisine.

— J'ai aussi préparé une salade fraîche, du pain à l'ail bien chaud et un cheesecake en dessert.

— Oh, mon Dieu. Je suis morte et montée au paradis.

DJ rit doucement.

— J'étais passé au café pour prendre du pain de viande, mais quand j'ai vu les lasagnes sur l'ardoise des plats du jour, je me suis souvenu à quel point tu les aimais quand ma tante en faisait.

Becky s'arrêta au milieu de la pièce.

— Tu te souviens que j'adore les lasagnes ?

— Bien sûr.

Il haussa les épaules.

— Tu adorais ses lasagnes et son corned-beef au chou. Et comme le corned-beef n'était pas à la carte du café…

— Et quand il y est, il n'est jamais aussi bon que celui de ta tante.

Le cœur de Becky se mit à danser la gigue. Est-ce qu'un seul homme qu'elle avait connu — et encore moins fréquenté — s'était déjà souvenu de ses plats préférés ?

— Toi, tu mets du ketchup sur le riz.

Elle ne savait pas très bien pourquoi elle ressentait le besoin de lui rendre la pareille avec un souvenir venu de leur jeunesse.

Il posa les maniques sur le comptoir, inclina la tête et répliqua :

— Et ton parfum de glace préféré, c'est Butter Pecan.

— C'est vrai.

Un plaisir étrange, presque coupable, la traversa. Elle

posa le siège-auto, détacha le bébé et regarda DJ par-dessus son épaule.

— En revanche, je ne me souvenais pas que tu avais un parfum de glace préféré…

— Parce que j'aime toutes les glaces, sans discrimination.

Les yeux brillants d'amusement, il s'approcha.

— Mais je me souviens de ton gâteau au chocolat allemand.

Elle retint un rire.

— Et de la fois où Connor et toi avez coupé — puis mangé — le gâteau que tante Eileen avait préparé pour le concours de la foire du comté.

— Ouh.

DJ grimaça.

— Je crois qu'on n'a pas pu s'asseoir confortablement pendant des semaines.

— Elle était furieuse.

— Et pas qu'un peu.

Depuis son siège-auto, Brittany avait sans doute décidé que ce badinage léger avait assez duré. Elle agita les bras et donna de grands coups de pieds. Becky avait appris à reconnaître ce langage-là : *donne-moi-à-manger-tout-de-suite-ou-je-me-mets-à-hurler.*

— Je ferais mieux de lui préparer son biberon.

— Laisse-moi faire.

DJ la dépassa et souleva le bébé dans ses bras.

— Salut, ma puce.

Becky était incapable de détacher son regard de la scène. Dès que DJ souriait à ce minuscule bébé, tout son visage s'illuminait. De petites rides apparaissaient au coin de ses yeux pétillants d'amusement. La serrant tout contre lui d'un seul bras, il fit remuer un doigt devant elle.

— Tu as l'air bien plus heureuse aujourd'hui, n'est-ce pas ? murmura-t-il au bébé.

Becky n'en était pas totalement sûre, mais de là où elle se trouvait, il lui sembla bien que Brittany venait d'offrir son tout premier sourire — du moins à Tuckers Bluff — à Declan James Farraday. Une fois de plus, le bébé battit des pieds et, en agitant le bras, referma ses cinq petits doigts sur le doigt de DJ. Le cœur de Becky manqua un battement devant la beauté du moment. Mais si elle avait cru DJ ravi jusque-là, il rayonnait maintenant. S'il avait été fait d'électricité, il aurait pu alimenter toute la ville. Et au moment même où il leva les yeux vers elle, le cœur de Becky fit carrément un salto arrière. Bon sang… y avait-il quoi que ce soit de plus sexy qu'un homme qui sourit avec un bébé dans les bras ?

— Pas aussi bonnes que celles de ta tante Eileen, mais sacrément proches.

DJ observait la façon dont les lèvres de Becky s'étaient refermées autour de la dernière bouchée de pâtes sur sa fourchette, puis comment, très lentement, elle avait retiré l'ustensile de sa bouche, fermé les yeux et laissé échapper un léger gémissement de plaisir. Tout ce qu'il pouvait faire, c'était changer de position sur sa chaise et remercier le ciel que son assiette soit vide.

En réalité, la fourchette avait sans doute glissé bien plus vite hors de sa bouche humide que dans l'imagination de DJ, et ses petits sons de plaisir culinaire étaient probablement eux aussi grossis par son esprit dépravé. Mais le simple fait de vivre en promiscuité avec cette femme depuis trois soirs commençait sérieusement à lui monter à la tête.

Leur conversation avait vagabondé : Meg et Toni qui restaient aux côtés de Charlotte Thomas, ce que les résultats de l'IRM de Jake changeraient à son dossier judiciaire, le nouveau lait maternisé du bébé, et l'incompréhension face au fait que la mère n'ait laissé aucune instruction sur un point aussi important qu'une allergie au lait. Si elle leur avait au moins laissé la boîte du lait d'origine, ils auraient pu racheter exactement la même marque.

Qui aurait cru que partager un dîner et une conversation tranquille, soir après soir, puisse faire désirer une femme plus encore qu'un bikini minuscule ou que les sous-entendus les plus torrides ? En tout cas, avec cette femme-là.

Chaque bouchée que prenait Becky relevait de la torture pure et simple. Une ou deux fois, elle avait même dû se répéter parce que son esprit s'était engagé sur des chemins qu'il n'avait strictement rien à faire d'explorer. Le plus fou, c'est que s'il trouvait un moyen de filer discrètement hors de la ville pour aller passer un moment avec une autre femme, cela ne lui servirait à rien. La seule qu'il semblait vouloir était précisément celle qu'il n'avait absolument pas le droit de regarder de cette façon.

— Est-ce que j'ai bien entendu parler de cheesecake ?

Avec sa serviette, Becky essuya le coin de sa bouche.

— Parfaitement.

Résistant à l'envie de tendre la main pour effacer lui-même la petite trace de sauce à une extrémité de sa bouche, il repoussa sa chaise.

— Tu as manqué un endroit.

Elle sourit et s'essuya de nouveau.

— Merci.

— Avec plaisir. Je vais chercher le cheesecake.

La distraction serait une bonne chose.

— Non.

Elle se leva et faillit le heurter de plein fouet, perdant l'équilibre.

— Attention.

Avant même d'avoir le temps d'y réfléchir, ses mains se refermèrent sur ses bras pour la retenir.

— Ça va ?

— Je… euh…

Son regard se verrouilla au sien au moment précis où sa bouche se referma, puis se rouvrit aussitôt.

— Hum…

Le bout de sa langue apparut une seconde avant de disparaître à nouveau quand elle se mordit la lèvre inférieure.

DJ eut brusquement, violemment, envie de prendre cette lèvre à sa place entre ses dents.

Et quelques autres endroits aussi.

Bon sang.

Il relâcha sa prise, mais garda les mains ouvertes tout près d'elle, juste pour être certain qu'elle avait bien retrouvé son équilibre.

— Je… euh… devrais… enfin, tu devrais… euh… laisse-moi aller chercher le dessert. Le cheesecake, je veux dire.

DJ hocha la tête. S'il osait ouvrir la bouche, il avait toutes les chances d'aller l'écraser contre la sienne, et c'était une très, très mauvaise idée. Il prit une profonde inspiration et fit un pas en arrière.

— Entendu.

Comme si quoi que ce soit dans cette situation pouvait être *entendu*. Certains jours, il aurait presque souhaité que son père ait élevé une maison pleine de vauriens. Mais Sean Farraday avait élevé ses fils selon des principes précis. Respect. Honneur. Et les pensées qui traversaient l'esprit de DJ n'avaient rien de respectueux ni d'honorable. Elle était trop jeune, amoureuse de son frère depuis bien trop longtemps, et trop liée à sa sœur pour qu'il puisse seulement envisager de s'approcher d'elle. Trop de règles qui semblaient pourtant supplier qu'on les transgresse. Il fit un pas supplémentaire en arrière. Ses mains lui faisaient littéralement mal tant le besoin de tendre les bras pour la toucher à nouveau le tenaillait. N'importe quel contact.

— Je reviens tout de suite.

Becky acquiesça et se rassit lentement.

Le bébé avait dormi pendant tout le dîner. Au départ, DJ s'en était réjoui. À présent, il commençait à se dire qu'un réveil de Brittany ne serait peut-être pas une si mauvaise chose. Si Becky continuait à le regarder avec cette curiosité émerveillée dans les yeux, et s'il n'y avait plus rien pour le retenir — pas d'urgence, pas de bébé à bercer ou à nourrir — les quelques fils de contrôle qui le maintenaient encore accroché à la réalité risquaient fort de rompre.

— Grosse part ou petite part ? demanda-t-il.

— Petite. J'ai trop mangé.

Elle quitta la table pour aller s'installer sur le canapé.

Secouant ses pensées, il prit une assiette dans chaque main et traversa le salon. Il était temps de calmer un peu tout le monde.

— J'ai obtenu quelques informations supplémentaires sur la mère.

— Vraiment ?

Elle accepta l'assiette qu'il lui tendait.

— Son passé explique assez bien pourquoi elle n'a eu aucun scrupule à laisser un bébé à des inconnus.

Elle planta sa fourchette dans le dessert.

— Comme quoi ?

— Fugue à seize ans, quelques démêlés avec la justice mais pas de prison. Mariée. Divorcée. Puis plus rien, jusqu'à ce qu'elle réapparaisse à San Diego…

— Où elle a rencontré Ethan.

DJ acquiesça.

— Ça colle.

— Mais tu n'es pas sûr.

— Je ne sais même plus très bien ce que je suis. Une minute, ça me paraît parfaitement logique. Il y a plein de *frog hogs* à Miramar qui cherchent une aventure.

— Des *frog hogs* ?

À l'instant même où les mots lui étaient sortis de la bouche, il avait regretté de ne pas pouvoir les ravaler.

— C'est comme ça que les SEAL appellent les groupies qui rêvent d'attirer l'attention en sortant avec un SEAL.

— Mais Ethan n'est pas un SEAL.

— Non, mais les pilotes ont énormément de succès simplement parce qu'ils gravitent autour de Miramar.

Et, une fois encore, il venait de mettre les pieds dans le plat. Non pas que ce soit faux, et le regard de Becky montrait bien qu'elle le savait déjà. Pourtant, il éprouvait malgré tout un besoin absurde de lui laisser ses lunettes roses chaque fois qu'il était question de son frère.

— Quoi qu'il en soit, le vrai problème, c'est peut-être qu'Ethan n'a jamais caché d'où il venait. N'importe qui avec un ordinateur…

La fourchette de Becky tomba sur son assiette.

— Le ranch…

— Le ranch.

DJ hocha la tête. Manifestement, lui et ses frères n'étaient pas les seuls à en venir à la conclusion que tout ce désordre n'était peut-être rien d'autre qu'une vaste arnaque. Et quoi de mieux, franchement, pour conclure encore une journée de rêve ?

La panique et le soulagement se disputaient Becky de l'intérieur, et la culpabilité trébuchait juste derrière eux.

Le soulagement qu'Ethan n'ait peut-être pas eu un enfant au détour d'une aventure d'un week-end bondissait en elle, avant d'être aussitôt étouffé par l'idée que la petite Brittany n'était peut-être qu'un pion dans une escroquerie. Une arnaque qui touchait toute la famille Farraday.

Était-elle une horrible personne d'espérer que Brittany ne soit pas l'enfant d'Ethan ?

Mais si elle n'était pas une Farraday, alors qu'arriverait-il à Brittany ? Si les papiers laissés par la mère n'étaient rien d'autre qu'un stratagème pour…

— Attends une minute. Si la mère de Brittany a renoncé à ses droits parentaux et qu'elle est introuvable, comment pourrait-elle tirer un quelconque profit du ranch ?

— Adam, Brooks et moi, on a tourné cette question dans tous les sens cet après-midi.

— Et alors ?

— Au bout du compte, même si Ethan a du mal à garder son pantalon fermé…

Il s'interrompit, et Becky sut tout de suite qu'il reconsidérait son choix de mots. Ses efforts pour ménager sa sensibilité lui donnaient presque envie de sourire.

— Désolé, reprit-il. Mais quand on pense à Ethan, *foyer* et *famille* ne sont pas exactement les premiers mots qui viennent à l'esprit…

— Plutôt saut en parachute et courses de vitesse, l'interrompit-elle.

— Exactement. Mais malgré tout, tu l'imagines vraiment repousser la mère de Brittany si elle venait lui demander de l'aide ?

DJ marquait un point. Le garçon dont elle était tombée amoureuse au CP avait toujours eu un instinct protecteur énorme. C'était justement pour ça qu'Ethan pilotait, faisait des courses et autres folies sous uniforme : il pouvait avoir sa dose d'adrénaline tout en protégeant la tarte aux pommes, la maman américaine et tout le reste.

— Si elle avait des ennuis et besoin d'un peu d'argent pour tenir jusqu'au prochain boulot ? Si elle avait besoin d'un bon avocat pour éviter la prison…

— Tu crois qu'elle est à ce point-là ?

Il haussa les épaules.

— Je n'en sais rien. Mais c'est une possibilité.

— Elle devait bien se douter que vous alliez demander un test ADN.

DJ se pinça l'arête du nez.

— Oui. En théorie. Merde.

Il laissa retomber sa main et secoua la tête.

— Désolé. Encore. Tant qu'on n'a pas les résultats, on tourne en rond.

— Je suis d'accord.

Avant que Becky n'ait le temps de réfléchir à ce qu'elle pourrait ajouter, Brittany leur fit savoir à grand bruit qu'elle était prête pour son prochain repas.

— Il est temps de mettre la conversation d'adultes entre parenthèses.

— Je vais préparer le biberon.

DJ fit un large détour autour d'elle en rejoignant la cuisine.

Pendant un instant, Becky resta immobile, les yeux fixés sur lui, l'esprit tourné vers ces trois derniers jours passés à jouer à la petite famille. Elle n'aurait jamais imaginé DJ sous les traits d'un homme domestique. Robuste, séduisant, parfait chevalier en armure brillante, absolument. Mais en diva du quotidien, changeant les couches, préparant les biberons et s'occupant du dîner — même s'il s'agissait de plats à emporter — certainement pas. Les hommes Farraday ne décevaient décidément jamais. Et cela ne l'amenait-il pas justement à se demander quels autres talents cachés possédait Declan James Farraday ?

CHAPITRE QUINZE

— Salut, cousin.

Ian Farraday entra d'un pas tranquille dans le bureau de DJ.

Pas besoin de lui demander ce qui amenait un Texas Ranger jusqu'ici en pleine semaine. Faire un détour depuis Austin juste pour déjeuner paraissait peu probable.

— Ça faisait longtemps.

Avec un sourire sincère, DJ se leva et rejoignit son cousin à mi-chemin pour une accolade virile ponctuée de tapes dans le dos.

— La dernière fois que j'ai vérifié, on ne laissait pas la famille enquêter sur la famille.

— Exact.

Ian se laissa tomber dans le fauteuil en bois placé devant le bureau de DJ.

— Même si, techniquement, l'État cesse de considérer les gens comme de la parenté au-delà des cousins germains, ils ne vont quand même pas me confier cette affaire.

— Un Farraday reste un Farraday, dit DJ avec un petit rire.

Ian était l'aîné des petits-enfants de l'oncle George. Ce qui faisait de lui et de DJ des cousins issus de germains, mais chez les Farraday, personne ne perdait son temps avec ce genre de nuances. Techniquement, George Farraday était le grand-oncle de DJ, mais pour tout le monde, il resterait simplement l'oncle George, et Ian resterait simplement un cousin.

— J'escortais un témoin jusqu'à Abilene. Je me suis dit que puisque j'étais si près, ce serait presque un péché de ne pas venir te voir en personne.

— Tu veux dire vérifier comment je m'en sors ?

Ian haussa une épaule.

— Tu m'as l'air assez grand pour prendre soin de toi tout seul.

— Merci de l'avoir remarqué. Et ton partenaire ? Vous ne voyagez pas en duo aujourd'hui ?

DJ baissa légèrement le menton en observant attentivement son cousin.

— Il est déjà en route pour Austin. J'ai loué une voiture.

Ian haussa une épaule d'un air nonchalant.

— J'ai aussi entendu dire que tu avais un nouveau bébé à la maison.

— Eh bien, on dirait que vous, les gars de l'État, vous vous améliorez côté renseignements.

Même entre membres de la famille, le sujet *flic municipal contre policier de l'État* leur fournissait depuis des années une réserve inépuisable de plaisanteries et de piques.

— Pas à ce point-là, répondit Ian en riant. Maman a parlé avec tante Eileen hier.

Souriant, DJ secoua la tête.

— Je me demande pourquoi elle n'a pas tout simplement fait publier une page entière dans les journaux d'Austin.

Ian leva les mains, paumes ouvertes.

— Où serait l'amusement ?

— Je n'aurais jamais dû lui apprendre à se servir de la caméra sur son ordinateur.

— Vois le bon côté des choses. Quand elles seront vieilles et séniles, elles pourront encore se divertir en se rendant visite par écran interposé.

— Ah oui, ce sera à mourir de rire.

DJ avait du mal à imaginer tante Eileen vieille et sénile. Elle avait aussi belle allure aujourd'hui que lorsqu'elle était venue vivre avec eux vingt-cinq ans plus tôt. Et la mère d'Ian ressemblait davantage à sa sœur qu'à sa mère.

— Très peu pour moi, dit Ian en étouffant un sourire tout en secouant lentement la tête.

Les deux femmes étaient devenues très proches après la

mort de la mère de DJ. Tante Anne et sa mère avaient été amies, mais tante Anne et tante Eileen s'étaient entendues comme larrons en foire. DJ avait longtemps cru que le fait de ne pas être nées Farraday leur donnait des racines communes, mais, au fond, c'était probablement surtout parce qu'elles n'avaient peur de rien.

On frappa à l'encadrement de la porte, et Esther apparut.

— J'ai reçu un appel de M. Porter. Il dit qu'une bande d'adolescents fait encore la fête dans son champ et, je cite, "descend des quantités industrielles de gnôle".

— Voilà un choix de mots intéressant, commenta Ian avec un sourire plus large.

— Vous voulez que j'envoie quelqu'un sur place ? demanda Esther.

En temps normal, DJ aurait attrapé son chapeau et serait allé régler lui-même le problème. Mais les choses ne seraient pas normales avant un moment.

— Appelle Reed. Demande-lui ce qu'il préfère faire.

Esther hésita un long moment, puis répondit d'un bref signe de tête.

— Cette histoire d'enquête a intérêt à se régler rapidement.

Ce ne fut qu'une fois Esther disparue qu'il se tourna de nouveau vers son cousin.

— Tu as une idée de la date d'arrivée des enquêteurs ?

— Bientôt.

Ian se pencha en avant.

— Ils envoient des types de la compagnie B. Aucun lien de parenté avec la famille, même de loin, du côté de Dallas. Ils devraient être là demain ou après-demain.

DJ acquiesça. Il était aussi à peu près certain qu'avec tout ce que l'État avait à gérer, si les Texas Rangers arrivaient dans un jour ou deux, son cousin avait probablement activé un service. Ou deux. Tout représentant des forces de l'ordre ayant déjà dû faire usage de son arme dans l'exercice de ses fonctions savait ce qui l'attendait ensuite. Dans cette partie du pays, aider son prochain relevait presque du réflexe. Et chez les Farraday, malgré la distance entre les cousins installés près d'Austin et ceux solidement enracinés dans l'ouest du Texas, se mettre en quatre pour la famille faisait autant partie de la survie que respirer.

— Merci.

Ian ouvrit la bouche et leva une main, prêt à nier toute implication dans le fait d'avoir fait remonter ce dossier en tête de pile, mais DJ se contenta de lui lancer un sourcil levé. La main d'Ian retomba aussitôt, sa bouche se referma et il inclina la tête.

— Pour mémoire, je n'ai rien fait.

DJ se contenta de hocher la tête. Officieusement, c'était tout ce qui comptait.

Esther réapparut à la porte.

— Vérifiez votre portable. Quelqu'un qui s'appelle Brooklyn dit que votre téléphone tombe directement sur la messagerie.

— Merci.

DJ consulta son téléphone. Tout semblait fonctionner, y compris la notification d'un appel manqué.

— Certains jours, je me demande s'il n'existe pas un dieu lutin des téléphones portables. Et que, si on l'agace, il se venge en sabotant la réception.

Le téléphone dans sa main sonna, et il reconnut aussitôt le numéro de Brooklyn.

— Farraday.

— Tu as l'air en forme pour un type consigné au bureau.

Bon sang, ce gars était fort.

— Tu es au courant ?

— Ta standardiste me l'a dit quand j'ai appelé tout à l'heure pour te joindre.

— J'aurais dû m'en douter. Tu appelles pour une raison précise ou juste parce que ma voix te manque ?

— Ne laisse surtout pas ma femme t'entendre dire ça.

On entendait le rire dans la voix de Brooklyn.

— Aucun risque, de toute façon tu es bien trop grand pour moi.

— Ça, c'est sûr.

Brooklyn rit, et DJ espéra que cela annonçait une bonne nouvelle. Le seul problème, c'est qu'à cet instant précis, il n'était plus très certain de savoir quelle réponse serait vraiment la bonne.

— Alors, qu'est-ce que tu as pour moi ?

La plupart du temps, voir Eileen Callahan et la grand-mère de Becky franchir ensemble la porte de la clinique aurait été une bonne chose.

Aujourd'hui, Becky n'en était pas si sûre.

— Oh, tant mieux, dit sa grand-mère. Tu n'es pas occupée.

Comment Dorothy pouvait-elle regarder une salle d'attente pleine de gens avec leurs animaux, plus la pile de dossiers dans ses bras, et en conclure qu'elle n'était pas occupée, cela dépassait Becky.

— Je n'en suis pas si sûre.

— Enfin, il faut bien manger.

Eileen balaya la pièce du regard.

— Je suis certaine que tu peux trouver un moment pour déjeuner. Toi… et le bébé.

Oh non.

Eileen Callahan savait très mal jouer l'innocente.

Becky n'avait aucune idée de ce que la femme voulait, mais, sur le moment, subir la torture de la goutte d'eau lui semblait presque plus attrayant que de se retrouver prise entre sa grand-mère et tante Eileen.

— En fait, je ne vois pas trop…

— Regardez qui s'est réveillée.

Adam arrivait du couloir, en provenance de la salle du personnel où ils avaient installé le berceau qu'un patient leur avait prêté, histoire d'éviter à Becky de monter et démonter sans cesse le lit parapluie. Un grand sourire sur le visage, il portait un minuscule bébé dans les bras.

— Je l'ai trouvée en revenant de la salle d'examen. Elle gazouillait et faisait les petits sons les plus adorables du monde. Vous croyez qu'elle chante ?

— Ça ne m'étonnerait pas, répondit tante Eileen en tendant les bras pour récupérer le petit paquet. Grace faisait ça tout le temps. Toujours à faire du bruit. Je n'arrivais jamais à savoir si elle se parlait à elle-même, si elle fredonnait, ou autre chose. Et quand, à trois ans, elle s'est mise à se promener partout en chantant sa version personnelle de l'opéra, on a fini par se dire qu'elle devait déjà chanter quand elle était bébé.

Adam se raidit légèrement en lui remettant Brittany, évitant soigneusement le regard de sa tante.

— Oh, qu'elle est précieuse.

La grand-mère de Becky agita ses longs doigts aux ongles parfaitement vernis devant le bébé, captant aussitôt son attention.

— Ce ne sera pas facile de la laisser partir quand ils lui auront trouvé un foyer permanent.

— Ou de la famille, ajouta Eileen.

De la famille ?

Est-ce qu'Eileen savait ?

Était-ce pour ça qu'elle était là ?

Oh, non.

Tout à coup, Becky aurait réellement préféré la torture à l'eau.

Adam se pencha pour embrasser sa tante sur la joue.

— Je dois m'occuper du chat de Mme Peabody.

— Encore Sadie ? demanda Eileen en tournant la tête à la recherche de la vieille dame.

Adam secoua la tête.

— Sinatra.

Se tournant vers son neveu, Eileen baissa la voix.

— Ces pauvres chats doivent en avoir assez d'être trimballés ici sans raison valable.

— Oh, ça va. On leur donne des friandises en plus.

Adam se tourna vers Becky.

— Mme Peabody est en salle 2 ou en salle 3 ?

— En 2. J'arrive tout de suite.

Adam acquiesça, leva la main qui tenait un dossier et salua sa tante.

— À plus tard.

À ce moment-là, Kelly se pencha par-dessus le comptoir.

— Dis au doc que Brooks vient d'appeler et que je lui ai dit que tout allait bien.

— Quelque chose ne va pas ? demanda tante Eileen en se retournant si vite vers Kelly qu'elle manqua presque de perdre le bébé du regard.

— Non. Il voulait simplement savoir comment Brittany supporte la nouvelle formule.

Kelly plissa les yeux en faisant des grimaces au bébé.

— Oh, voilà les doigts. C'est l'heure du déjeuner.

— Ce n'est pas adorable.

La grand-mère de Becky tendit les bras pour reprendre l'enfant à son amie.

— Ça fait une éternité que je n'ai pas nourri un tout-petit. Surtout un aussi adorable. Regardez comme elle suce ses deux doigts.

— Oui, on a trouvé ça un peu drôle qu'elle suce ses deux premiers doigts au lieu de son pouce, dit Kelly en se rasseyant. Mais Brooks a dit que ce n'était pas si rare. Finn et Grace faisaient pareil.

— Oui, c'est vrai.

Tante Eileen rendit le bébé à Dorothy tout en l'observant d'un peu trop près au goût de Becky, puis se retourna vers Kelly.

— Quand est-ce qu'il a dit ça ?

— Une des fois où il est passé.

— Ah.

Tante Eileen sourit.

— Il vient souvent ?

— Bien sûr.

Kelly lui rendit son sourire.

— DJ vient aussi la voir régulièrement.

Elle laissa tomber son crayon sur la table.

— Je prépare son biberon ?

— Tu veux bien ?

Becky devait retourner travailler et expédier sa grand-mère sur son chemin avant que la tante de DJ ne comprenne ce que ses neveux cachaient.

— Comme ça, je pourrai aider le doc avec le chat.

— Bien sûr.

Kelly contourna vivement le comptoir et, prenant Brittany dans ses bras, lui souleva un petit bras pour le faire bouger.

— Dis au revoir à tout le monde.

— On pourra peut-être déjeuner un autre jour, proposa Becky en faisant un pas vers la salle d'examen où se trouvait Adam.

— Et puisque tu n'as pas l'air très pressée de faire de moi une arrière-grand-mère, nous déjeunerons pendant que tu as encore le bébé, répondit sa grand-mère.

Becky acquiesça.

— Très bien. Ça me va.

— Oui.

Tante Eileen se tourna vers son amie.

— Viens, Dorothy. J'ai changé d'avis pour le déjeuner.

Les deux femmes quittèrent la clinique d'un pas décidé, et Becky eut l'étrange sensation que le monde tel qu'elle le connaissait s'apprêtait à basculer.

CHAPITRE SEIZE

— Les rapports viennent d'arriver sur mon bureau. Je fais envoyer une copie papier chez toi avec les résultats, expliqua Brooklyn.

— Et… ?

— Tu es hors de cause.

La poitrine de DJ se serra.

— Mais, poursuivit Brooklyn, il y a bien une correspondance.

— Ethan, souffla-t-il.

Puis il remarqua les yeux écarquillés d'Ian et comprit que son cousin s'imaginait qu'il était arrivé quelque chose à Ethan à l'étranger. DJ secoua aussitôt la tête et balaya ses inquiétudes d'un geste de la main libre.

— Quel que soit le père, reprit Brooklyn, c'est un parent très proche de toi.

— Alors c'est bien une Farraday.

L'air remplit de nouveau ses poumons.

Voilà donc à quoi ressemblait une bonne nouvelle.

— Oui. C'est aussi pour ça que je ne voulais pas faire passer ces résultats par des canaux faciles à pirater.

— J'apprécie.

Un sourire tira le coin de ses lèvres. Il était soulagé. Et, à voir les sourcils d'Ian perchés si haut sur son front, le pauvre n'y comprenait plus rien. Un trait très Farraday que partageaient tous les cousins.

— Maintenant, il ne me reste plus qu'à joindre Ethan.

— Toujours aucune nouvelle ? demanda Brooklyn d'une voix plus douce.

DJ secoua la tête.

— Non. Mais il ne peut pas rester hors ligne

éternellement.

— Hmm.

Brooklyn grogna à mi-voix. Tous deux savaient que, dans cette drôle de guerre qui n'était soi-disant plus une guerre, tout était possible.

— Laisse-moi voir si je peux obtenir des infos.

— Oui. Merci. Il faut que je le joigne. Des décisions doivent être prises, et c'est à Ethan de les prendre.

— Compris, répondit Brooklyn sans hésiter. Je te tiens au courant dès que j'ai quelque chose de plus.

— Parfait. Je sais que je me répète, mais merci.

DJ mit fin à l'appel et fixa son téléphone, repassant mentalement la conversation. Brooklyn comprenait aussi bien que lui les différentes raisons possibles au silence d'Ethan. S'il enchaînait les vols, de jour comme de nuit, de longues périodes sans donner signe de vie n'avaient rien d'inhabituel. Mais autant de jours, ça commençait à faire beaucoup. DJ espérait qu'il s'agissait d'un entraînement particulier exigeant des communications limitées. L'isolement pendant certains programmes n'avait rien d'exceptionnel. Et c'était encore le scénario le plus rassurant. Restait la dernière possibilité, celle qui inquiétait tout le monde : un black-out total des communications à cause de quelque chose de hautement classifié. Et probablement très dangereux.

— Alors, ça ressemblait bien à ce que je crois ? demanda Ian.

— Peut-être.

DJ lança son téléphone sur le bureau.

— Le bébé abandonné est celui d'Ethan.

— Tu en es sûr ?

— On est sûrs que c'est bien la petite-fille de maman, et sûrs aussi que ce n'est pas ma fille. Adam, Brooks, Connor et Finn n'ont pas mis les pieds en Californie, alors ça ne laisse que…

— Ethan, conclut Ian en se renfonçant dans son fauteuil. Eh bien, avec vous, la vie n'est jamais ennuyeuse.

— Non. Pas ces derniers temps.

— Et maintenant, qu'est-ce qui se passe ?

— Pour commencer, je dois sortir Brittany du système.

— Tu as autre chose que la parole du type à qui tu viens de parler ?

DJ hocha la tête et lui raconta tout ce qui s'était passé ces derniers jours, du chien disparu à l'amie d'enfance atteinte d'une tumeur au cerveau, en passant par son copain ancien Navy SEAL.

— Bon sang, fit Ian. Vous savez rendre la vie intéressante.

DJ se leva.

— Tu as le temps de rester dîner au ranch ? Tante Eileen sera vexée si elle ne te voit pas. Et avec cette nouvelle de dernière minute, tout le monde sera là.

— Ça, c'est sûr.

Eileen entra dans le bureau de DJ et referma la porte derrière elle.

— Où est Dorothy ? demanda DJ, espérant gagner quelques secondes pour laisser retomber le feu dans le regard de sa tante. Je croyais que vous déjeuniez en ville aujourd'hui.

— Je l'ai déposée au café. Elle et les filles commencent sans moi.

Ian se leva pour saluer sa tante.

— Toujours à jouer aux cartes ?

— Désolée, beau gosse. Ravie de te voir.

Techniquement, elle n'était pas du tout sa tante, mais tous les cousins l'avaient toujours appelée tante Eileen, et elle les avait toujours traités comme s'ils étaient les siens. L'étreinte qu'elle donna à Ian ne faisait pas exception.

— Vas-y, rassieds-toi. J'ai juste besoin d'une minute avec lui.

Ian regarda tante Eileen, puis DJ, en retenant un rire.

— Je ne te l'envie pas.

DJ ouvrit la bouche pour parler, mais tante Eileen leva brusquement les mains avant de les reposer sur ses hanches.

— Tes frères ont passé tellement de temps sur la véranda à fumer des cigares hier soir que je suis étonnée qu'ils ne se soient pas réveillés avec les poumons noirs.

— Je vais…

Une de ses mains remonta aussitôt, et son doigt se mit à le menacer.

— Ne commence même pas. Vous me cachez quelque chose, tous autant que vous êtes, et je veux savoir immédiatement de quoi il s'agit.

— Eh bien…

— Ne me fais pas le coup du "eh bien". C'est à propos de ce bébé, n'est-ce pas ?

— J'allais…

— Elle fredonne comme Grace. Elle suce ses deux doigts comme Adam, Finn et Grace. Vous tournez tous autour de ce bébé, et surtout toi chez Becky, tous les soirs depuis son arrivée. Et ce petit bout a exactement le même petit visage rond que vous aviez tous quand vous étiez enfants.

Tante Eileen posa les deux mains à plat sur le bureau de DJ.

— Declan James Farraday, est-ce que c'est ton bébé ?

Le chat de Mme Peabody, baptisé en hommage au célèbre crooner, était en surpoids, placide, probablement un peu arthritique, mais il n'avait certainement pas besoin d'une visite chez le vétérinaire. Malgré tout, Adam produisit les *hmm* et les petits grognements professionnels nécessaires pour que Nadine Peabody ait l'impression d'avoir eu parfaitement raison d'amener son animal. Il lui donna un médicament liquide à administrer deux fois par jour — des vitamines, en réalité, mais ce qu'elle ignorait ne risquait pas de lui faire de mal. Adam donnait des placebos au vieux chat depuis des années afin de rassurer cette cliente solitaire.

Becky aurait aimé qu'il en soit de même pour le patient suivant.

Le pauvre chien était rongé par le cancer, et à la façon dont Adam pinçait les lèvres, elle comprit aussitôt que le pronostic n'était pas bon.

On frappa à la porte, puis Kelly passa la tête dans l'entrebâillement.

— Désolée de t'interrompre, Beck, mais on a besoin de toi dehors.

— Ce n'est pas encore ma tante, j'espère ? demanda Adam.

— Non.

Kelly secoua la tête, jeta un coup d'œil au chiot et à son propriétaire, puis inclina la tête vers le couloir.

— Vas-y.

Adam poussa Becky en avant d'un léger mouvement du menton.

— Je peux gérer ça tout seul.

Becky ôta ses gants en caoutchouc, les jeta à la poubelle puis, une fois dans le couloir, referma la porte de la salle d'examen derrière elle. Elle se cogna aussitôt à Kelly.

— Aïe. Pourquoi tu t'arrêtes comme ça ?

— Je voulais te prévenir, murmura Kelly.

— Me prévenir de quoi ?

— Il y a une femme dans la salle de pause, avec Brittany, et elle t'attend.

— Quelle femme ?

Becky se tourna dans la direction où se trouvait d'ordinaire le couffin du bébé.

Kelly lui attrapa le bras.

— Becky, elle vient des services de protection de l'enfance.

Becky s'immobilisa, regarda plus loin dans le couloir, puis revint des yeux vers la porte qu'elle venait de quitter.

— Je ferais mieux d'appeler DJ.

— Je l'ai déjà fait. J'ai laissé un message vocal.

— D'accord, soupira Becky, mais il doit être au poste, en service administratif. Je vais parler à cette femme, et toi, appelle Esther. Demande-lui de lui faire passer le message qu'il doit me rappeler immédiatement. Mieux encore, dis-lui de ramener ses fesses ici au plus vite. Et dès qu'Adam a terminé, dis-lui aussi où je suis.

Elle savait bien qu'une visite à domicile finirait par avoir lieu, mais elle n'avait pas imaginé qu'elle viendrait si vite. Pour une raison qui lui échappait, même si tout cela n'était qu'une procédure ordinaire, l'idée d'affronter cette femme seule lui fichait une peur bleue.

Mon Dieu, comme elle aurait voulu voir DJ franchir la porte à cet instant précis.

Certains jours, ça ne valait pas la peine de se lever.

DJ soutint le regard furieux de sa tante.

— Non.

Tante Eileen recula d'un pas. La confusion adoucit un peu la dureté de ses yeux.

— Alors qui ?

— Ethan, répondit doucement DJ.

Elle recula encore, trébucha presque, puis s'assit lourdement sur la chaise à côté d'Ian.

— Ethan ?

DJ hocha la tête.

— Est-ce qu'il le sait ?

— Je viens à peine de l'apprendre moi-même, il y a quelques minutes.

— Et tu en es sûr ?

Ian et DJ acquiescèrent tous les deux.

Tante Eileen regarda les deux hommes tour à tour, puis un sourire tremblant commença à se dessiner sur ses lèvres avant de s'affermir.

— Je suis enfin grand-mère.

— Toc toc.

Becky frappa doucement à la porte ouverte.

— Je suis Rebecca Wilson.

— Oh, bonjour.

La femme d'âge mûr aux cheveux noirs mi-longs et aux traits marqués, ce visage qui rappelait d'un coup d'œil la rudesse de son métier, s'éloigna du berceau et tendit la main à Becky.

— Je suis Missy Baxter.

Becky serra la main qu'on lui tendait, puis ressentit le besoin immédiat d'aller vers Brittany. Déjà réveillée et occupée à ses petits sons mi-babillage, mi-fredonnement, Brittany ignorait avec bonheur les adultes présents dans la pièce. Dès que Becky la prit dans ses bras, comme elle le faisait désormais régulièrement depuis quelques jours, la petite se blottit aussitôt contre son épaule.

Le regard de la femme se posa sur le bébé.

— On dirait que vous vous êtes attachées l'une à l'autre.

Quelle était la bonne réponse ? Oui ? Non ? Un peu ? Becky se contenta d'un sourire.

Missy ouvrit le seul dossier posé sur la table voisine.

— Lorsque vous avez été agréée pour l'accueil d'urgence, vous viviez à une autre adresse ?

— Oui, c'est exact.

Becky se balançait d'un pied sur l'autre en tapotant le dos de Brittany.

— Je suis un peu perdue concernant votre adresse actuelle. Je pensais venir à votre domicile.

— C'est à l'étage.

— Pardon ?

— J'habite dans l'appartement au-dessus de la clinique.

— Oh.

Une fine ride se creusa entre les sourcils de l'assistante sociale.

La sensation troublante qui avait pris racine dans l'estomac de Becky dès qu'elle avait appris la présence des services de protection plongea aussitôt du côté *alarme rouge*.

— C'est un très bel appartement. Vous voulez le voir ?

Missy referma le dossier.

— Eh bien, en fait…

Adam entra dans la pièce en se dirigeant droit vers elle, coupant net la conversation.

— Bonjour. Adam Farraday.

— Oui, bien sûr.

La femme sourit et lui tendit la main.

— Vous êtes le frère du chef de la police.

— L'un d'eux.

Adam afficha son grand sourire éclatant.

— Je viens d'appeler son bureau. Il ne devrait pas tarder.

— Oh, cela m'évitera un déplacement. C'était ma prochaine étape.

— Vraiment ? parvint à articuler Becky.

— Oui. Voyez-vous, je voulais d'abord venir vous voir pour vous expliquer…

Le claquement précipité de talons dans le couloir s'interrompit brutalement quand Toni déboula dans la pièce.

— J'étais de l'autre côté de la rue pour livrer davantage de cake balls quand Brooks m'a dit que les services de protection étaient ici.

— Brooks ? murmura Becky. Comment a-t-il…

— Je l'ai appelé aussi, expliqua Adam.

Becky acquiesça.

— Je vois.

Missy Baxter dévisagea Toni.

— Je suis désolée, mais je ne comprends pas très bien.

— Oh, pardon. Je suis Antoinette Farraday.

— Encore une Farraday.

Missy Baxter semblait s'efforcer de remettre un peu d'ordre dans toutes ces informations.

— Mon mari, c'est Brooks, précisa Toni.

— Le médecin, ajouta Becky devant l'expression perplexe de la femme.

Missy hocha la tête au moment précis où Meg surgissait à son tour dans l'encadrement.

— Est-ce que j'arrive trop tard ?

— Trop tard pour quoi ? demanda Becky.

Meg haussa les épaules.

— J'en sais rien, mais d'où je viens, quand une agence gouvernementale se mêle de quoi que ce soit, ça sent généralement mauvais.

— Oh, je peux vous assurer que…

Missy secouait déjà la tête quand Brooks déboula presque en courant du couloir dans la minuscule salle de pause. Il ne s'arrêta qu'une fois arrivé auprès de sa femme, un bras solidement passé autour de sa taille.

— J'ai laissé tout le monde au cabinet, donc avec un peu de chance, ça ne prendra pas trop de temps.

Il leva les yeux vers le seul visage inconnu de la pièce.

— Vous devez être…

— Missy Baxter, des services de protection.

Elle accepta la main tendue de Brooks avec un sourire fatigué.

— Enchantée.

Meg tendit elle aussi la main à Missy, tout en pointant Adam du pouce de son autre main avant de se couler contre lui.

— Moi, je suis mariée à celui-là.

À cet instant précis, avec Brooks et Toni d'un côté, Adam et Meg de l'autre, tous placés côte à côte comme pour faire front face à la femme qui déciderait si Brittany restait ou partait — et, si elle devait partir, vers qui — Becky aurait donné n'importe quoi pour que DJ soit là, lui aussi, à ses côtés.

— Je crois qu'il doit y avoir un malentendu…

Missy recommençait à parler lorsqu'une voix tonna :

— Personne ne posera un doigt sur ma petite-fille.

Tante Eileen se tenait dans l'encadrement de la porte, jambes écartées, mains sur les hanches, avec DJ presque sur ses talons et son neveu Ian juste à côté.

— Bonjour, Missy.

DJ se glissa devant sa tante et tendit la main.

— Je ne m'attendais pas à te voir ici aussi tôt.

— Oui, eh bien…

Le regard de Missy passait d'un côté à l'autre de la pièce.

— Je ne m'attendais pas non plus à un… comité d'accueil aussi nombreux.

DJ jeta un coup d'œil à sa famille massée d'un côté de la pièce derrière Becky, en face de Missy Baxter. La pauvre femme ressemblait à une prisonnière solitaire devant un peloton d'exécution.

— Moi non plus.

— Personne n'emmènera ce bébé nulle part, répéta tante Eileen.

— Et vous êtes… ? demanda Missy.

— Eileen Callahan.

L'expression sévère de sa tante indiquait clairement qu'elle n'avait pas l'habitude qu'on ignore qui elle était. La plupart des gens élevés dans le comté se connaissaient, et rares étaient ceux qui n'avaient jamais entendu le nom Farraday. Missy n'était installée dans la région que depuis un peu plus d'un an.

Sans un incident survenu à la fin de l'année précédente — lorsqu'une conductrice ivre avait eu la mauvaise idée de traverser Tuckers Bluff à toute allure avec ses deux enfants à l'arrière et assez de marijuana dans le coffre pour alimenter tout l'État — DJ n'aurait sans doute pas connu Missy non plus.

— J'allais justement appeler votre bureau, dit-il.

— J'étais sur le point d'expliquer à Mlle Wilson que le système avait évolué et qu'une famille d'accueil permanente venait de se libérer pour Brittany à Butler Springs…

Une explosion de voix couvrit aussitôt la fin de sa phrase.

Celle de tante Eileen dominait toutes les autres. Son « Ce ne sera pas nécessaire » faillit être couvert par la question de Meg :

— Qu'est-ce qu'il faut pour devenir famille d'accueil permanente ?

Tandis que Toni enchaînait sur un autre angle :

— Est-ce que ça aide d'être dans le milieu médical ?

— Oui. Bien sûr, répondit Brooks en souriant à sa femme.

Sur l'échelle de l'adoration, ces deux-là explosaient les compteurs.

— On peut aussi s'en charger, lança Meg.

Le vacarme des voix qui se chevauchaient, chacun des membres de la famille de DJ insistant sur sa capacité à prendre soin de Brittany sans même encore connaître les résultats ADN, était presque assourdissant. Même si tante Eileen savait désormais avec certitude que le bébé était une Farraday, DJ ne doutait pas une seconde qu'elle aurait réagi exactement de la même façon même dans le cas contraire.

— Et moi ? cria Becky, faisant taire tout le monde.

Elle embrassa le sommet du crâne de Brittany.

— Pourquoi est-ce que je ne pourrais pas la garder ?

— C'est justement ce que j'allais dire.

Missy s'interrompit pour balayer la pièce du regard avant de revenir à Becky. DJ eut la nette impression que l'assistante sociale s'attendait à être coupée à tout instant. Mais comme personne ne disait plus un mot, elle poursuivit :

— Nous avons bien une famille d'accueil prête à prendre Brittany, mais si vous souhaitez la garder, Mlle Wilson, vous avez la possibilité de faire évoluer votre statut.

Becky déplaça Brittany sur son autre épaule et fit un pas vers l'assistante sociale. Le menton haut, elle resserra sa prise sur le bébé.

— Je le ferai.

CHAPITRE DIX-SEPT

— Attendez une seconde.

DJ vint se placer à côté de Becky, face à Missy.

Le ventre de Becky se noua. Qu'allait-il encore tomber ?

Quand l'assistante sociale avait annoncé qu'elle allait emmener Brittany, Becky avait paniqué. Les mots *Je le ferai* avaient jailli de sa bouche avant même qu'elle ait eu le temps d'y réfléchir. Et c'était très bien ainsi. À ce stade, peu lui importait l'identité du père de Brittany. Il était hors de question qu'elle laisse ce précieux bébé entrer dans le système de placement. Elle devrait peut-être retourner vivre chez sa grand-mère, mais elle trouverait un moyen de faire fonctionner les choses.

— J'ai des informations supplémentaires, dit DJ en tendant quelques feuilles. Ce sont des copies de l'acte de naissance de Brittany et de la renonciation aux droits parentaux.

— Ah bon ?

L'irritation sous-jacente dans la voix de Missy surprit Becky. Elle n'avait pas compris, jusque-là, que DJ avait retenu ces documents et ne les avait pas transmis à l'État.

— Brittany a de la famille proche ici, à Tuckers Bluff, poursuivit DJ.

Missy parcourut les pages avec attention, revint en arrière, puis recommença depuis le début.

DJ se rapprocha légèrement de Becky, tout en continuant de s'adresser à l'assistante sociale.

— Je devrais avoir les résultats ADN confirmatoires aujourd'hui ou demain.

Adam et Brooks tournèrent la tête vers DJ dans un

même mouvement. Becky savait exactement ce qu'ils demandaient. La même chose que tout le monde voulait savoir. Un simple mouvement de menton de DJ répondit à leur question silencieuse.

Oui.

Les résultats étaient tombés, et Brittany était bien une Farraday.

Becky aurait dû exulter. Dès que la famille parviendrait à joindre Ethan, il devrait rentrer. Et s'il était encore ne serait-ce qu'à moitié l'homme qu'elle continuait de croire qu'il était, il resterait à la maison dès que les Marines le lui permettraient. Alors pourquoi n'avait-elle pas envie de sauter de joie ? Voilà qu'elle tenait enfin une vraie chance qu'Ethan la voie comme une épouse, une mère, une compagne pour la vie, et non plus comme la gamine maigrelette toujours dans ses jambes à côté de sa petite sœur.

— Pourquoi, demanda Missy en levant les yeux vers DJ, est-ce que nous n'avons pas eu ces documents plus tôt ?

DJ laissa échapper ce tout petit soupir que Becky avait appris à reconnaître comme le signe qu'il se mettait sur la défensive.

— Il y avait des doutes quant à l'authenticité des informations.

— Plus maintenant ?

La voix plus sèche, plus rugueuse, Missy promena son regard d'un frère à l'autre.

— Lequel d'entre vous est Ethan ?

— Il n'est pas ici, répondit DJ en se redressant. Il est en service actif dans les Marines. Je vous prie de m'excuser—

Missy leva une main et secoua la tête.

— Inutile. Malgré le fait que j'ai sur mon bureau une pile de dossiers jusqu'au nez, et que j'aurais pu employer mon temps plus utilement sur n'importe lequel d'entre eux, je suis heureuse d'avoir un enfant de moins dans le système. En revanche, ce dont je ne suis absolument pas ravie, c'est de la manière dont toute cette affaire a été gérée.

Elle leva les papiers qu'elle venait de lire, et une partie de la tension qui durcissait ses traits sembla se dissiper.

— Puis-je les garder ?

— Oui. Ils sont pour vous.

La posture de DJ se détendit d'une fraction.

— Très bien.

Missy ramassa une mallette posée au sol, la déposa sur la table voisine, l'ouvrit, y glissa le dossier et les nouveaux papiers, puis la referma avant de balayer rapidement du regard le groupe qui la dévisageait en silence, comme s'ils attendaient qu'elle sorte un lapin d'un chapeau.

— Il reste encore quelques formalités à remplir, mais je vais vous laisser décider entre vous de la personne qui s'occupera concrètement de Brittany.

DJ se détendit un peu plus, et son bras effleura celui de Becky. Lorsqu'il se pencha légèrement vers elle, sa chaleur, sa simple présence, lui apportèrent à la fois force et courage… tout en précipitant son cœur dans une chute vertigineuse jusqu'au creux de son ventre.

La famille allait désormais prendre d'autres dispositions.

DJ n'aurait plus besoin d'elle.

Il ne lui sourirait plus comme si elle lui avait décroché la lune lorsqu'elle lui préparait son café du matin. Il ne la regarderait plus comme si elle arrivait en tête d'un concours de beauté. Il ne dormirait plus de l'autre côté du lit, tout habillé, sur les couvertures, pour préserver son honneur et lui éviter de dormir sur le canapé. Même si, vu son gabarit à elle, cela avait plus de sens.

En le regardant, elle cligna vite des yeux pour retenir les larmes qui menaçaient de déborder. Plus de conversations idiotes avec le côté léger du grand méchant chef de police. Plus de papillons dans le ventre chaque fois qu'il s'approchait. Plus de chaleur douce quand elle le voyait jouer avec le bébé. Plus de DJ.

Sa respiration se bloqua, et son cœur se mit à battre comme une truite sortie de l'eau.

Mon Dieu.

La mâchoire de Becky se referma d'un coup.

Elle était amoureuse. Vraiment amoureuse. Éperdument amoureuse de Declan James Farraday.

Bon sang.

Qu'était-elle censée faire maintenant ?

DJ retint son souffle.

Il avait pris un sacré risque en gardant pour lui les papiers portant le nom d'Ethan, en ne transmettant que la lettre personnelle mentionnant le nom de la mère. Il avait espéré obtenir une confirmation avant que Missy n'avance assez loin pour lancer la visite à domicile.

Il accompagna l'assistante sociale jusqu'à la porte de la clinique, puis jusqu'à sa voiture. Arrivé là, comme tout bon garçon né et élevé au Texas, il lui ouvrit la portière.

Missy lança sa mallette sur le siège passager, puis, une main posée sur le haut de la portière, pivota pour lui faire face.

— Je suis vraiment contente que cela puisse se régler sans que ce bébé entre dans le système.

— Je sens venir un *mais*.

Il tenta un sourire facile, mais la tension qui le traversait était si épaisse et si forte qu'il soupçonnait son expression de ressembler davantage à une grimace nerveuse.

— Pour mémoire, dit-elle en marquant une pause jusqu'à ce qu'il hoche la tête, si vous me refaites un coup pareil, je vous traîne au tribunal, et cette fois c'est vous qui aurez besoin d'un témoin vedette.

DJ inclina la tête.

— Compris.

Il resta planté sur le trottoir tandis que la voiture de Missy s'éloignait, sentant un début de mal de tête se former entre ses tempes.

— Bon sang, Ethan, où es-tu ?

Il pianota sur son téléphone et ouvrit d'abord Facebook. Rien de nouveau sur le compte de son frère. Même en sachant que c'était probablement inutile, il lui envoya un nouveau message :

**BESOIN DE TE PARLER DÈS QUE POSSIBLE.
IMPORTANT. RESTE PRUDENT.**

DJ avait perdu le compte des messages restés sans réponse. Tous ses frères en avaient envoyé eux aussi. Textos, messages, appels vidéo, e-mails… rien.

Au moins, désormais, ils savaient avec certitude pour le bébé.

Ian apparut à côté de lui en glissant son téléphone dans sa poche.

— Je vais devoir décliner l'invitation à dîner, finalement.

— Le devoir t'appelle ?

— J'en ai peur.

Ian hésita.

— Écoute, je dépasse peut-être les bornes, là.

— Jamais.

DJ sourit et donna une tape dans le dos de son cousin.

— Tant mieux, parce que je ne sais pas quand je repasserai par ici. À propos de toi et Becky…

— Il n'y a pas de *toi et Becky*.

DJ fit un demi-pas en arrière.

— Et en parlant de Becky, il faut que je retourne à l'intérieur.

Ian lui saisit le bras alors qu'il se détournait.

— Je ne suis pas d'accord. Tout le monde, là-dedans, regardait cette femme et le bébé.

— Et alors ?

— Moi, je te regardais, toi, répondit Ian en le relâchant. En train de regarder Becky.

— Je n'étais pas—

— Si, tu l'étais. Chaque fois qu'il était question des papiers, ton regard glissait vers Becky pour voir comment elle encaissait l'info. Chaque fois que cette femme des services de protection ouvrait la bouche, tu te rapprochais d'un demi-centimètre de Becky. Tu n'aurais pas pu être plus territorial si tu lui avais pissé sur la jambe.

— C'est—

— Et elle est aussi atteinte que toi.

— Là, je sais que tu es fou. Elle aime Ethan. Elle l'a toujours aimé.

— Peut-être, mais elle est amoureuse de toi.

Ian attendit une réaction, puis secoua la tête.

— Très bien. Ne m'écoute pas. Mais quand tu retournes à l'intérieur, ouvre les yeux, mec. Ouvre-les vraiment.

Il fit tinter ses clés dans sa main et traversa la rue jusqu'à sa voiture de location.

Ouvre les yeux.

DJ fit volte-face et tira la porte d'entrée.

Qu'est-ce qu'Ian croyait qu'il faisait d'autre depuis des jours ?

Il avait remarqué toutes sortes de choses chez Becky qu'il n'aurait jamais dû remarquer. La manière dont le soleil accrochait ses cheveux. L'étincelle dans ses yeux chaque fois qu'elle souriait. Le mouvement doux et régulier de sa poitrine sous les couvertures quand elle s'était enfin profondément endormie. La facilité avec laquelle Brittany se blottissait contre son épaule. Cette impression de rentrer chez lui, non pas dans un lieu, mais auprès d'elle. Le goût incomparable du café du matin quand c'était elle qui le préparait. Son odeur après la douche, après le travail... et même après que le bébé lui avait régurgité dessus.

Merde.

Il avait à peine fait quelques pas dans le couloir que la moitié du clan Farraday sortit de la salle du personnel, tante Eileen en tête.

— Où est-ce que tout le monde va ? demanda-t-il.

— Le bébé a sa routine, répondit tante Eileen en s'arrêtant devant lui, un large sourire aux lèvres.

— Et moi, je dois retourner au cabinet, dit Brooks en embrassant sa femme sur le bout du nez. Ça va aller ?

— Oui.

Toni leva les yeux vers son mari avec un sourire tandis qu'il contournait sa tante et passait devant DJ.

Meg serra la main d'Adam.

— Et moi, je ferais mieux de te laisser retourner à tes patients.

Le regard d'Adam passa au-dessus de sa tête jusqu'aux

quelques personnes et à leurs animaux qui attendaient patiemment qu'on s'occupe d'eux.

— Oui.

Dans le couloir, Becky sortit lentement de la salle de pause et s'arrêta près de la porte. Son regard inquiet croisa le sien, et il dut réprimer une envie presque irrépressible de pousser sa famille hors de son chemin pour aller la rassurer, lui dire que tout allait bien se passer.

Et Ian n'avait-il pas raison là-dessus aussi ?

Lui pisser sur la jambe, vraiment.

— Dorothy et Ruth Ann ont sûrement presque fini de déjeuner maintenant, poursuivit tante Eileen. Toi et Becky avez tout sous contrôle.

Elle secoua la tête et laissa échapper un petit rire amusé.

— Cette fille ressemble tellement à sa grand-mère. Adam et Brooks ont raison. Même si vous n'auriez pas dû cacher ça à Sean et à moi, pour le moment, mieux vaut attendre d'avoir parlé à Ethan avant de prendre d'autres décisions.

DJ restait perplexe devant la facilité avec laquelle cette femme, qui était encore furieuse quelques minutes plus tôt à l'idée qu'on puisse lui enlever son arrière-petite-fille, pouvait désormais paraître calme et presque joyeuse. Même si Brittany était, techniquement, sa petite-nièce, le message était limpide. Alors qu'avait-il manqué pendant qu'il était dehors ?

Sa tante se dressa sur la pointe des pieds pour déposer un baiser sur sa joue.

— Appelle si tu as besoin de quoi que ce soit.

Le couloir désormais vidé de toute sa famille à l'exception d'Adam, DJ jeta un regard vers Becky, qui remontait lentement dans leur direction.

— J'ai dit à Becky qu'elle pouvait prendre son après-midi si elle le voulait, expliqua Adam. Mais elle tient à rester travailler.

— Elle peut être sacrément têtue quand elle veut.

Son esprit repartit vers leur première nuit chez elle, et cette bataille autour du lit. Il avait voulu dormir sur le canapé pour bien des raisons, et au bout du compte, elle avait gagné. Il avait partagé le lit avec elle.

Enfin… plus ou moins.

Adam attrapa un dossier et s'éloigna. Mais DJ n'arrivait pas à faire bouger ses pieds. Il fallait qu'il soit devenu fou à lier pour prolonger tout ça. Complètement, totalement, absurdement cinglé. Ses deux belles-sœurs et sa tante étaient prêtes à prendre le relais avec Brittany. Dommage qu'il ne soit pas prêt, lui, à renoncer à cette mission.

Ni à Becky.

— Je suppose qu'au fond, on savait toutes et tous que c'était vrai, dit Becky en s'arrêtant à côté de lui.

DJ leva une épaule.

— Toi, peut-être. Le reste d'entre nous, pas tellement.

— Brittany s'est rendormie, et moi, je dois retourner travailler.

— Vas-y.

DJ posa la main sur son bras et regretta aussitôt ce geste pourtant si simple. Il n'y avait rien de simple à l'effet qu'elle avait sur lui.

— Je vais passer un moment avec ma nièce avant de retourner au poste.

Becky lui adressa un doux sourire, et il remarqua aussitôt que cette fois la lumière n'atteignait pas ses yeux. Et cela ne lui plut pas du tout.

Mince.

En quelques longues enjambées, il entra dans la petite pièce qui, sans tout ce monde, lui semblait presque immense, et s'arrêta au bord du berceau de sa nièce.

Sa nièce.

C'était la deuxième fois qu'il prononçait ces mots, et ils sonnaient toujours aussi étrangement à ses oreilles.

Son téléphone se mit à vibrer. Il le décrocha et le porta à son oreille.

— Farraday.

— Declan, mon vieux. Comment ça va ?

— Exactement comme il y a une heure quand on a raccroché. Qu'est-ce qu'il y a ?

Une part de lui ne voulait pas entendre la réponse. Comme si l'absence de nouvelles restait, par définition, une bonne nouvelle.

— Je n'ai pas réussi à confirmer de quelle équipe il s'agit.

Rien que ces quelques mots lui glacèrent déjà la colonne vertébrale.

— Il n'y a pas de façon simple de te dire ça. Un hélico s'est écrasé…

CHAPITRE DIX-HUIT

— Il était temps que tu arrives.

Dorothy tendit à Eileen des couverts roulés dans une serviette.

— Je n'ai pas pu faire autrement.

Eileen déplia la serviette et laissa tomber couteau et fourchette sur la table.

— Mais c'est encore mieux que tout ce qu'on avait imaginé. Enfin… presque tout.

— Presque ? demanda Ruth Ann.

Il n'y avait pas de partie de cartes cet après-midi-là, seulement un déjeuner improvisé après qu'Eileen et Dorothy eurent uni leurs forces pour une mission de renseignements.

— Tu l'as mise au courant ? demanda Eileen.

Dorothy secoua la tête.

— Je lui ai seulement dit que tu n'avais pas apprécié la façon dont les garçons avaient fumé des cigares toute la nuit, et que tu étais persuadée que ma Becky avait des réponses pour toi.

— Et elle en avait.

Au milieu de son dessert, Dorothy reposa sa fourchette dans son assiette.

— Quelles réponses ? Elle a à peine ouvert la bouche.

— Depuis le jour où ce bébé est arrivé en ville, j'ai su que quelque chose clochait. Je ne me doutais simplement pas à quel point.

— Moi, je ne comprends toujours pas.

Ruth Ann prit une bouchée de la tarte aux noix de pécan de Frank pendant qu'Eileen récapitulait rapidement ses soupçons, sa maladroite accusation visant DJ, puis la révélation finale sur l'identité du père de Brittany. Ruth se renversa sur sa chaise, sa tarte oubliée.

— Eh bien… je ne l'avais vraiment pas vu venir.

— Ce n'est pas tout.

Le sourire d'Eileen lui tirait les joues.

— Qu'est-ce qu'il pourrait bien y avoir de plus ?

Dorothy tendit la main vers son verre d'eau.

— Toi et moi, nous allons enfin devenir de vraies parentes.

Le verre de Dorothy s'immobilisa à mi-chemin de sa bouche.

— Ethan rentre à la maison ?

— Je n'en sais absolument rien. Je ne me mêle pas de ses allées et venues. Je suis moins nerveuse quand je l'imagine simplement assis au bar du camp.

— Un bar, au Moyen-Orient ? marmonna Ruth Ann avant de secouer la tête. Désolée.

— Alors explique, dit Dorothy en poussant son assiette. Comment allons-nous devenir parentes ?

— Becky et DJ.

Eileen se frotta les mains avec enthousiasme.

Dorothy lança un regard noir à son amie de toujours.

— Tu es folle ?

— Tu ne vois donc pas ?

Eileen se pencha en avant.

— Réfléchis. Comment tout ça a-t-il commencé ?

Comme Dorothy gardait le silence, Ruth Ann répondit à sa place :

— Quelqu'un a laissé un bébé devant le poste.

— En fait, dit Dorothy après une pause, les sourcils froncés par la réflexion, DJ a appelé Becky à cause du chien.

— Voilà !

Eileen se renversa sur sa chaise, l'excitation bouillonnant en elle. L'abondance après la disette. Un jour, une bande de célibataires sans le moindre bébé en vue dans la génération suivante, et maintenant deux hommes mariés, un troisième en passe de l'être, et DJ qui tombait amoureux à toute vitesse au milieu d'une véritable explosion de descendance.

— Et nous n'avons rien à faire.

— Non, je ne vois toujours pas, répondit Ruth Ann.

À chaque nouveau cheveu gris, cette femme semblait perdre quelques neurones. À moins que ce ne soit sa queue de cheval trop serrée.

— Le chien s'est présenté à la porte du poste, articula Eileen avec soin. DJ a appelé Becky pour le chien.

— Oh mon Dieu.

Dorothy sourit.

— Le chien les a réunis.

— Exactement.

Eileen croisa les bras et hocha la tête.

— Maintenant, il suffit de les laisser faire. Eux… et le bébé.

Ruth Ann secoua la tête.

— Je vous trouve complètement folles d'attendre d'un chien qu'il joue les entremetteurs.

— On verra, dit Eileen avec un sourire. On verra bien.

Toute couleur quitta le visage de DJ, et Becky sut aussitôt que, quelle que soit la nouvelle, elle concernait Ethan. Elle avait vu DJ gérer l'ex-fiancé fou de Meg, le mari violent de Toni, et se débattre intérieurement avec l'affaire Jake Thomas. Mais là, DJ était ébranlé, et c'était nouveau pour elle.

Quoi que la personne à l'autre bout du fil ait dit, DJ acquiesça d'un bref mouvement de tête. Becky articula silencieusement *Ethan* à son intention. Quand il ferma les yeux et inclina le menton dans un geste sec, elle regretta soudain qu'Ethan n'ait pas grandi avec une passion tranquille pour les chevaux et le bétail, comme Connor et Finn.

Sans même y réfléchir, sa main glissa dans celle de DJ. Elle serra fort, surprise par le réconfort qui la traversa lorsqu'il resserra ses doigts en retour.

Rester plantés dans le couloir n'était pas la meilleure façon de comprendre ce qui se passait. Becky se tourna vers l'accueil, capta le regard de Kelly et murmura :

— Nous serons dans le bureau d'Adam. Envoie-le dès qu'il a fini.

Kelly hocha la tête, et Becky entraîna DJ dans la pièce avant de refermer la porte derrière eux.

— Je vois, dit DJ. D'accord.

Un peu de couleur semblait revenir sur ses traits.

Elle ne parvenait pas à mesurer la gravité de la situation. Même secoué, DJ restait l'un des hommes les plus solides qu'elle connaisse. Un véritable roc. Rien, dans son attitude, ne trahissait l'ampleur exacte de ce qui se passait.

— Merci. Tiens-moi au courant si tu apprends quoi que ce soit d'autre.

Le téléphone émit un bip, et DJ le glissa dans sa poche.

— Ça va ? demanda-t-elle doucement, sa main toujours dans la sienne.

Ses yeux, pleins d'une tendresse inquiète, scrutèrent les siens. Un poing se referma sur le cœur de Becky, persuadée qu'il allait lui annoncer qu'Ethan était mort. Et au même instant, son cœur cogna plus fort à la découverte que toute la tristesse dans son regard semblait dirigée vers elle.

— Il y a peut-être un problème, dit-il.

Prête à lui offrir une de ces grandes étreintes réconfortantes à l'ancienne, elle avança légèrement sans oser pourtant l'entourer de ses bras.

— Tu sais que quoi qu'il arrive, je suis là pour toi. Pour vous tous.

DJ cligna des yeux, puis fixa les siens plus intensément. Pendant une seconde, elle se demanda s'il ne cherchait pas à lire dans ses pensées.

— Tu es vraiment extraordinaire.

Ce fut à son tour d'être surprise.

— Merci.

— Mon frère est un idiot.

— Pardon ?

— Désolé. Je n'aurais pas dû dire ça. C'est juste que…

Il expira longuement et leva les yeux vers un point

lointain au-dessus de son épaule, avant de revenir à elle.

— Nous avions raison. Ethan était bien le pilote sur une mission récente.

Elle ravala les mots qui lui montaient aux lèvres et attendit la suite.

— Rien n'est confirmé. Tout ce que Brooklyn sait, c'est qu'un hélico s'est écrasé. Nous n'avons aucun moyen de savoir avec certitude si c'était celui d'Ethan, mais comme il ne donne aucun signe de vie, on peut raisonnablement supposer que oui.

Sa respiration resta bloquée dans sa gorge tandis qu'elle attendait le reste.

— La seule chose dont on soit sûrs, c'est que tout le monde a été retrouvé.

— Tout le monde ? Tu veux dire qu'ils sont tous vivants ?

DJ hocha la tête.

— D'après le peu que la source de Brooklyn a pu lui dire, il y a des blessés. Rien n'indique pour l'instant que leur vie soit en danger. Et nous n'avons aucune idée de savoir si Ethan est parmi eux.

— Pourquoi est-ce qu'on ne sait rien de plus ? Pourquoi ses supérieurs ne vous disent-ils rien ?

Autant elle voulait être certaine qu'Ethan allait bien, autant l'idée que ses frères et sœurs ne sachent rien lui était insupportable. Son père non plus.

— Oh mon Dieu… tante Eileen.

— Nous n'en parlerons probablement pas tant que nous ne saurons rien de sûr.

Une fois de plus, il scruta ses yeux avec cette intensité curieuse qui lui donnait envie de bouger, sans qu'elle en soit pourtant capable. Comme une force d'attraction, ses yeux la maintenaient sur place.

— Quoi ? demanda-t-elle doucement.

— Je pensais que tu serais plus bouleversée.

— Tu as dit qu'il était vivant, non ?

DJ acquiesça.

— Alors, qu'il soit blessé ou non, c'est surtout tante Eileen qui va paniquer.

— Tu t'inquiètes plus pour elle que pour toi-même ?

— Et pour toi.

Les mots sortirent à voix très basse. Dès qu'elle s'entendit, elle ajouta rapidement :

— Et pour tes frères, et pour Grace, bien sûr.

Lentement, DJ leva le pouce et passa la pulpe rugueuse contre sa lèvre inférieure. Le contact léger déclencha en elle une décharge électrique jusqu'au bout des orteils. L'équilibre ne semblait plus une option. Elle était presque sûre d'avoir reculé… ou avancé. Elle n'en savait rien. Tout ce qu'elle savait, c'est que sa main libre glissa sur sa joue avant de venir se poser derrière sa nuque pour la maintenir stable.

— Rebecca, murmura-t-il si doucement qu'elle ne fut pas certaine de ne pas l'avoir imaginé.

— Mm-hm, souffla-t-elle.

— Est-ce que ça te dérangerait si je t'embrassais ?

— Pas du tout, réussit-elle à murmurer une seconde avant que sa bouche ne se pose sur la sienne.

La tendresse de ce contact soigneux pulvérisa toute la tension qu'elle avait en elle. Étincelles et chaleur se répandirent comme une allumette sur du bois sec. Tout cela avec un baiser doux, délicat, à peine effleuré… et qui prit fin bien trop tôt.

Le souffle chaud de DJ glissa sur son visage, et Becky inspira profondément pour se calmer.

Sans grand effet.

Son cœur battait à tout rompre, son sang pulsait, et elle avait terriblement envie de l'attirer vers elle pour un baiser plus long, plus profond, plus délicieux encore.

— À propos d'Ethan.

DJ recula légèrement pour la regarder.

— En théorie, la famille d'un Marine blessé devrait être informée dans les vingt-quatre heures. En réalité, impossible de savoir combien de temps il faudra avant que Papa soit officiellement averti de l'état d'Ethan. S'il est blessé… et de ce qu'il voudra faire.

— S'il est blessé. Gravement.

Elle faillit s'étrangler sur ses propres mots.

— Est-ce que tu vas quand même lui parler tout de suite de Brittany ?

DJ hésita, puis secoua la tête.

— Je ne sais pas. Honnêtement, je ne sais pas.

Becky hocha la tête. Elle devait continuer à imaginer Ethan parfaitement indemne. Pour le bien de tout le monde, elle le devait.

— Pendant que tu étais dehors avec Mme Baxter, tante Eileen voulait emmener Brittany au ranch.

DJ ouvrit la bouche, mais elle leva une main.

— Adam a dit qu'il valait mieux que Brittany reste dans une routine à laquelle elle commence à s'habituer. Brooks a été d'accord, tant que ça me convenait.

— Et ça te convient ?

Une nouvelle fois, Becky acquiesça.

— Mais j'aurai quand même besoin d'aide.

Un sourire releva un coin de sa bouche.

— Je pense qu'on doit pouvoir arranger ça.

— J'espérais que tu dirais ça.

Elle espérait qu'il dirait bien d'autres choses encore. Qu'il ferait davantage aussi. Et puis, de temps en temps, une fille devait savoir prendre les choses en main. Se hissant sur la pointe des pieds, elle passa les deux bras autour de son cou et, sans lui laisser le temps de réfléchir, attira sa tête vers la sienne. Cette fois, elle laissa tomber toute idée de tendresse ou de délicatesse.

DJ ne marqua pas une seconde d'hésitation. Depuis tous ces jours passés côte à côte, il se battait contre l'envie de faire exactement cela : tenir Becky dans ses bras et vérifier de lui-même si elle avait bien ce goût aussi doux qu'il l'imaginait. Il se moquait de leur histoire passée. De l'homme qu'elle avait aimé enfant. Tout ce qui comptait, c'était le feu et la passion qui circulaient entre eux. Il passa un bras autour de sa taille et la ramena plus près encore. Il avait besoin de sentir chaque courbe mince contre lui aussi cruellement qu'il avait besoin d'air.

— Qu'est-ce qui est si imp…

Adam s'interrompit net à l'entrée.

— D'accooord.

Et il s'éclaircit la gorge. Deux fois.

Quand DJ s'écarta de Becky, son frère se frottait les sourcils en regardant le sol, un sourire au coin des lèvres.

Faisant un pas en arrière, DJ garda une main sur Becky et se tourna vers son frère.

— J'ai des nouvelles.

— Oui. Ça, j'avais remarqué.

Adam releva les yeux, son sourire s'élargissant.

— Je dois appeler tante Eileen ?

— Non ! répondirent Becky et DJ en chœur.

Le sourire disparut du visage d'Adam.

— Quelles nouvelles ?

DJ ne parvenait pas à lâcher la main de Becky. Maintenant qu'il avait senti sa chaleur contre lui, il ne supportait plus l'idée de perdre ce contact.

— L'hélicoptère d'Ethan s'est écrasé pendant une mission. On pense que l'équipe s'en est sortie vivante, mais il y a des blessés.

— Ethan ?

— On ne sait pas. Mais, apparemment, aucune des blessures ne mettrait la vie en danger.

— Et tu tiens ça d'où ? demanda Adam.

— De Brooklyn.

— Il faudra vraiment que je rencontre ce type un jour.

Adam fit volte-face, se frottant vigoureusement la nuque.

— On ne peut pas le dire à tante Eileen. Pas encore.

— D'accord, répondit vite DJ.

— Mais Papa doit le savoir.

— Là-dessus aussi, on est d'accord.

Becky secoua la tête.

— On ne dit rien à cette pauvre femme ? C'est une femme forte. Je pense qu'elle peut encaisser.

Adam et DJ la dévisagèrent.

— Quoi ? Moi, je voudrais l'avoir dans mon camp n'importe quel jour de la semaine.

DJ reporta son attention sur son frère. Adam haussa les épaules et ouvrit les mains.

— Réunion de famille. On laisse Papa décider.

DJ acquiesça.

— Où ?

— On ne peut pas faire ça au ranch. Tante Eileen comprendrait tout de suite, dit Adam. On pourrait se retrouver chez nous, mais alors il faudrait que vous ameniez le bébé.

— Je n'ai pas besoin de…

commença Becky.

— Si.

DJ serra la main qu'il tenait encore.

— Aujourd'hui, c'est toi la plus intelligente des trois.

Ses lèvres se posèrent sur sa tempe et, malgré leur inquiétude pour Ethan, ce rapprochement avec Becky lui donnait l'impression de sourire de l'intérieur.

— On peut se retrouver chez toi ? demanda Adam à Becky.

Toujours souriante à l'intention de DJ, elle détourna enfin le regard vers Adam et acquiesça.

— Bien sûr.

À présent, la seule chose que DJ devait encore résoudre, c'était la façon de traverser le reste de la journée sans lâcher Becky.

CHAPITRE DIX-NEUF

Qu'il le veuille ou non, DJ ne pouvait pas passer tout l'après-midi à tenir la main de Becky. Ils avaient tous les deux du travail. À la place, il passa le reste de la journée avec le sourire béat d'un adolescent après son premier baiser.

Peu importait qui s'occuperait de Brittany jusqu'au retour d'Ethan, ni quelles dispositions seraient prises pour la suite, le bébé aurait besoin de plus qu'un lit parapluie et un siège-auto. DJ n'allait pas vider tout le magasin des Sisters, d'autant qu'il se doutait bien que sa tante voudrait se réserver ce plaisir. Mais, le premier jour où ils étaient allés faire des courses, Becky s'était arrêtée plus d'une fois devant un transat pour bébé. Ce soir-là, il avait décidé qu'un petit détour pour aller le chercher s'imposait.

À chaque marche gravie vers l'appartement de Becky, l'appréhension et l'impatience se livraient bataille au creux de son ventre. En seulement quelques heures, tout son monde avait basculé. Le matin même, il était encore persuadé que la fille la plus gentille qu'il connaisse était amoureuse de son petit frère, il ignorait s'il avait ou non une nièce, et il n'avait pas la moindre idée de savoir si son frère était vivant ou mort. À présent, DJ savait qu'Ethan était en vie, qu'il avait une nièce, que Becky — Rebecca — Wilson n'était absolument pas amoureuse de son frère, et que, si le baiser de l'après-midi voulait dire quelque chose, il avait peut-être une vraie chance de connaître le bonheur que ses frères aînés avaient trouvé si récemment.

Derrière la porte du haut de l'escalier, il entendait Becky chanter. Il aimait ce son. Il aimait surtout ce que cela lui faisait ressentir. En vérité, malgré toute la folie des derniers jours, il attendait chaque soir avec impatience le moment de rentrer chez Becky.

Rentrer chez lui.

Il aimait vraiment la façon dont cela sonnait.

— Doucement, Roméo, murmura-t-il pour lui-même avant d'ouvrir la porte.

— Salut.

Becky se retourna, une cuillère en bois à la main.

— Puisque Toni a été assez gentille pour apporter de la pizza la dernière fois, je me suis dit que je pouvais faire des spaghettis ce soir. Ta famille devrait arriver d'une minute à l'autre.

Et voilà comment il se sentit aussitôt retomber comme un soufflé. Il s'était fait une joie de la retrouver seule. De tâter le terrain, pour ainsi dire. De voir où les choses en étaient après ce baiser de l'après-midi. Il avait essayé de ne pas trop y penser, mais depuis qu'il s'était garé en bas, l'idée de l'attirer dans ses bras pour l'embrasser longuement occupait le centre exact de toutes ses pensées.

— Oh !

Son regard tomba sur le grand sac en plastique qu'il tenait.

— Qu'est-ce que c'est ?

Posant le paquet sur la table de la cuisine, il en sortit le transat pour bébé afin de le lui montrer.

Becky coupa le feu, posa sa cuillère et traversa la pièce jusqu'à lui.

— Tu n'as pas fait ça.

— Si.

Pendant une fraction de seconde, il crut avoir fait fausse route. Jusqu'à ce qu'elle se tourne vers lui et lui passe les bras autour du cou.

— Toi, M. Declan James Farraday, tu es vraiment un homme bien.

— Ah oui ?

Il essaya de contenir l'immense sourire qui menaçait de lui fendre le visage.

Rougissante, elle hocha la tête et recula d'un pas.

Aussitôt, DJ regretta de ne pas l'avoir gardée contre lui.

Mais il devait être patient. Ce n'était pas parce qu'il savait déjà qu'elle était la bonne qu'il pouvait se permettre d'aller trop vite et de tout gâcher. Doucement, Roméo.

— Tu fais quelque chose vendredi soir ?

— Non.

Première étape. Avec un peu de chance, il n'avait pas tout compris de travers.

— Ça te dirait de dîner avec moi ?

— Avec plaisir.

Une bouffée de joie monta en lui.

— Je suis sûr qu'un de mes frères accepterait de garder le bébé.

Un sourire lent et doux apparut sur les lèvres de Becky.

— On parle déjà comme un vieux couple marié, tu ne trouves pas ?

Aussitôt, ses yeux s'arrondirent, ses deux mains se plaquèrent sur sa bouche et elle marmonna :

— Oh mon Dieu.

Puis elle fit un pas en arrière.

— Hé.

Il avança d'un pas en tendant la main vers elle.

Fermant les yeux pendant quelques longues secondes, elle secoua la tête et recula encore.

— Je suis désolée, je ne voulais pas donner cette impression… ni sous-entendre… enfin…

Ses mains retombèrent le long de son corps.

— Je ferais mieux d'aller vérifier la sauce.

— Attends.

DJ lui saisit doucement le coude au moment où elle passait devant lui et la fit pivoter pour la ramener face à lui.

— S'il te plaît, ne t'enfuis pas.

— Je ne m'enfuis pas. Il faut juste que je…

Son regard accrocha le sien et elle expira.

— Désolée.

— Pourquoi ?

— Pourquoi ? répéta-t-elle.

— Oui. Pourquoi est-ce que tu me fuis ?

Il ne comprenait vraiment pas ce qui venait de se passer. Tout semblait pourtant parfaitement naturel. Agréable, même. Il n'y avait rien eu de maladroit entre le baiser incroyable de l'après-midi et cette nouvelle soirée à partager Brittany. Ce que Becky venait de dire était vrai : ils se comportaient comme un vieux couple marié. Ils étaient tombés dans une routine avec la facilité de deux personnes faites pour être ensemble.

Et s'il avait mis le doigt sur le problème ?

— Oublie ça. Nouvelle question. L'idée d'être mariée à un homme comme moi est-elle si affreuse ?

— Oh mon Dieu, non.

Ses yeux le regardaient avec une sincérité presque douloureuse.

— C'est juste que…

Elle soupira de nouveau.

— Je me suis déjà assez ridiculisée devant toute cette ville. Je préfère éviter de recommencer.

— Ridiculisée ? Comment ça ?

— Ce stupide béguin d'écolière à sens unique pour Ethan. Je n'ai pas besoin que toute la ville se remette à parler de moi.

Son regard glissa loin du sien.

Un béguin d'écolière.

Encore.

DJ n'avait jamais été particulièrement doué pour décoder la logique féminine, mais, pour une fois, l'image commençait à se clarifier. Une ampoule sembla s'allumer au-dessus de sa tête.

— Attends. Tu veux dire… nous ?

Becky hocha la tête.

— La ville qui croit que tu as un stupide béguin à sens unique pour moi ?

Les yeux clos, elle hocha encore la tête.

DJ posa un doigt sous son menton et lui releva le visage.

— Regarde-moi.

Ses yeux s'ouvrirent aussitôt.

— Si cet après-midi n'était pas déjà assez clair, laisse-moi préciser les choses. Je n'embrasse pas les femmes pour le plaisir. Si la ville doit raconter que l'un de nous a un béguin idiot à sens unique, ce sera moi.

— Toi ?

La bouche de Becky resta légèrement entrouverte, lui donnant envie d'effacer sa surprise d'un baiser.

— Mais…

Il posa un doigt sur ses lèvres.

— Et j'aimerais beaucoup avoir la chance de vérifier si ce n'est pas déjà réciproque.

Enroulant ses doigts autour de son poignet, elle secoua la tête.

— Quel duo nous faisons… Declan James Farraday, c'est déjà réciproque.

Un sourire étira les joues de DJ.

— J'aime la façon dont tu dis ça.

— C'est un très beau prénom.

— Non.

Il déposa un baiser sur le bout de son nez.

— La partie sur la réciprocité.

— Ah, ça.

Elle leva les yeux vers lui avec un sourire.

— Et maintenant, qu'est-ce qu'on fait ?

— On s'occupe de Brittany jusqu'à ce que son père rentre. Et quand il sera là… si tu n'as pas envie de me pendre parce que je laisse traîner mes chaussettes sales sur le sol de la salle de bains, on pourra peut-être reparler de cette histoire de vieux couple marié.

— J'aime déjà beaucoup l'idée.

Il ne sut jamais lequel des deux avait entouré l'autre en premier, mais quand il la serra contre lui, il mit dans ce baiser toute l'émotion, toute la promesse qu'il portait en lui. Tout chez elle était juste. La sensation de ses cheveux sous ses doigts. Ses lèvres contre les siennes. Ses courbes délicates contre les lignes dures de son corps. Tout.

Parfait.

Des pas résonnèrent tout près, puis s'arrêtèrent brusquement, aussitôt suivis d'un raclement de gorge masculin et sonore.

— Ils ont déjà fait ça cet après-midi aussi.

— Vraiment ? demanda doucement Meg.

DJ rompit le baiser et appuya son front contre celui de Becky.

— Leur timing est catastrophique, murmura-t-il.

— Mmm, répondit Becky dans un souffle, lui donnant envie de recommencer sur-le-champ.

— Bon sang, fit Brooks. Vous passez de zéro à cent en dix secondes.

DJ releva la tête pour découvrir ses deux frères et leurs femmes alignés devant eux.

— Voilà bien l'hôpital qui se moque de la charité, tu ne trouves pas ?

Toni, debout à côté d'une toute nouvelle poussette, Brittany dans les bras, se tourna vers son mari.

— Il n'a pas tort, chéri.

Brooks avança d'un pas.

— Ce n'est pas du tout la même chose. Nous, on a eu plus de…

— Quatre jours, lança Adam.

Brooks fronça les sourcils en direction de son frère puis, étouffant un éclat de rire, se tourna vers Becky.

— Bienvenue dans la famille.

ÉPILOGUE

Ethan avala un nouveau comprimé antidouleur sans eau. Les murs de sa chambre d'hôpital semblaient se resserrer autour de lui. Quand il avait enfin atterri entre les mains des bons médecins, encore sur place, ils l'avaient rafistolé du mieux possible avant de l'expédier en Allemagne dès le lendemain. À Landstuhl, il avait subi une deuxième opération, et trois jours plus tard, il se retrouvait dans un C-17 en route vers les États-Unis, à l'hôpital militaire Walter Reed. Plus efficace qu'une chaîne de montage chez Ford.

Maintenant qu'il n'était plus perfusé à la morphine, Ethan revenait peu à peu à lui après une énième opération. Au moins, ils avaient sauvé sa jambe. La vraie question était désormais la suivante : cela suffirait-il aussi à sauver sa carrière ?

— Quoi qu'il arrive, tu pourras toujours piloter dans le civil, lui lança Carter Jameson, son compagnon de chambre depuis son arrivée dans ce palace médical cinq étoiles de l'oncle Sam.

Ethan se retint de lui répondre sèchement. Il ignorait si l'hôpital avait choisi Carter comme voisin de lit exprès, parce que le type avait perdu ses deux jambes juste sous les genoux, ou si ce n'était qu'un hasard administratif. Quoi qu'il en soit, ça fonctionnait. Non pas qu'Ethan ne soit pas encore furieux contre le monde entier et contre ces foutus missiles sol-air qui avaient envoyé son hélico tournoyer contre un versant glacé de la montagne. Mais quand les médecins en auraient enfin terminé avec lui, Ethan sortirait de rééducation sur les deux jambes avec lesquelles il était né. Quelques vis et quelques broches en plus, certes, mais ses jambes.

— Distribution du courrier.

Une infirmière exagérément enjouée entra dans la chambre et déposa une pile de lettres devant lui.

— On voit rarement autant de courrier postal, de nos jours. Et certainement pas aussi vite. Tu as de la chance.

— Ouais. Une vraie patte de lapin, marmonna-t-il dans son dos.

— Dis donc, t'as une famille nombreuse ou quoi ? lança Carter en se redressant à l'aide des barres au-dessus de son lit pour dévisager la pile de lettres.

À un autre moment, Ethan aurait ri.

— Ou quelque chose comme ça.

Sa tante Eileen était une force de la nature. Le reste du monde était passé aux textos, aux e-mails et aux appels vidéo, mais elle, c'était toujours le bon vieux papier et le stylo. Tous les jours.

Drogué et plus souvent sous le bistouri qu'éveillé et lucide, il n'avait encore reçu aucune nouvelle du dehors. Aujourd'hui était à peu près le premier jour où il se sentait assez clair dans sa tête — et un peu moins en colère contre le monde — pour seulement envisager de jeter un œil aux messages de sa famille. Et merde, ils avaient tous complètement perdu la tête.

À lui seul, DJ semblait avoir envoyé un millier de mails et de messages privés. Ses autres frères n'étaient pas loin derrière. La tentation de tout sélectionner et de tout supprimer gagnait rapidement du terrain.

— Tu vas les lire ? demanda Carter en désignant du menton la pile qu'Ethan avait repoussée sur la table de chevet.

— Oui. Dans une minute.

Il modifia l'inclinaison de son lit, ignora encore un peu plus longtemps le courrier manuscrit et, de sa main valide, se mit à parcourir ce que sa famille avait publié récemment en ligne. Une photo d'Adam et Meg avec quelques clients du bed and breakfast lui arracha aussitôt un sourire. Bon sang, comme il aimait voir à quel point cette femme rendait Adam heureux. Puis vinrent d'autres photos de ses frères avec leurs nouvelles moitiés. Les femmes prenaient sacrément plus de photos que les hommes. Un an plus tôt, il aurait déjà eu de la chance de trouver une poignée de clichés sur l'ensemble de leurs pages réunies.

Un éclat de rire lui échappa devant une photo où la petite Stacey s'invitait dans le cadre du portrait soigneusement posé de sa mère et de Connor. Il n'avait pas encore eu l'occasion de la rencontrer, mais d'après tout ce qu'il avait entendu et vu sur les pages de la famille, il l'aimait déjà.

— Des bonnes nouvelles ? demanda Carter.

Ethan hocha la tête. Il n'avait pas envie de perdre cette sensation de foyer qui l'avait envahi. Il n'était pas prêt à revenir à la réalité de la guerre.

Il fit défiler l'écran de sa main non bandée, puis ses doigts se figèrent au-dessus du clavier.

Becky se tenait à côté de DJ.

Elle avait changé quelque chose. Ses cheveux ? Son maquillage ? Ses vêtements ?

Voilà.

Il cliqua sur la photo pour l'agrandir. Ethan ne pensait pas avoir vu Becky porter autre chose que des jeans ou une tenue médicale depuis des années.

— Waouh.

Toujours en jean, mais avec cette fois un chemisier ajusté qui laissait deviner un début de décolleté, elle faillit lui faire sortir les yeux de la tête. Puis il le vit.

Pas le chemisier. Pas sa silhouette.

Le regard.

Ses yeux à elle étaient fixés sur DJ et, chose incroyable, DJ la regardait en retour avec la même adoration inébranlable qu'Ethan avait fini par reconnaître chez Adam, Brooks et Connor.

— Eh bien, ça alors… DJ et Becky.

Désormais franchement curieux de voir ce qui se passait, il fit glisser le curseur au-delà des photos de ses autres frères, des animaux du ranch, puis s'arrêta sur ce qui devait être la partie de poker du samedi. Toutes les dames du club social étaient là, ainsi que son père et Finn. Mais c'étaient DJ et Becky qui le faisaient sourire.

Eh oui.

Encore un qui était tombé.

Et Ethan n'aurait pas pu s'en réjouir davantage.

Sur chaque photo où il voyait son frère et Becky, les deux semblaient collés l'un à l'autre. Sur certaines, ils se regardaient comme s'ils peinaient à attendre d'être enfin seuls. Drôle de pensée. La petite Becky. Ethan secoua la tête. Becky, l'espiègle, l'innocente. Non, vraiment, il n'allait pas penser à ça.

Une autre photo de Brooks, Toni et un bébé montrait DJ en arrière-plan. À la façon dont il regardait au loin, Ethan aurait parié une année de solde que celle qui se trouvait au bout de ce regard énamouré n'était autre que Becky.

Trop drôle.

Encore des photos de visages souriants, de couples heureux… et du bébé. Le nourrisson passait de bras en bras comme un ballon de football un lundi soir. Pourtant, ce fut l'expression sur le visage de tante Eileen qui le poussa à étudier plus attentivement le cliché. Elle avait l'air beaucoup trop fascinée par ce bébé.

— Qu'est-ce que…

— Mauvaise nouvelle ?

Ethan leva les yeux. Une infirmière d'âge mûr, arborant un sourire artificiellement éclatant, se tenait à son chevet. Il referma aussitôt la fenêtre ouverte sur le monde de sa famille.

— Non.

Elle hocha la tête, rabattit la couverture, puis palpa et bougea ses orteils. Vu de sa position allongée, la partie de son pied laissée visible hors du plâtre ressemblait à de la farce à saucisse trop serrée dans son boyau. Il se demanda à quoi pouvait ressembler sa main sous les épaisses couches de bandage.

— Vous pouvez remuer les orteils pour moi ?

Il obéit, même si le simple geste fit remonter une douleur fulgurante le long de sa jambe.

— Le gonflement diminue, l'informa l'infirmière, reportant son attention de son pied à sa main. Je vais changer le pansement de votre main ensuite, mais d'abord, vous pouvez aussi bouger les doigts ?

Moins gonflés que son pied, ses doigts se plièrent avec raideur. Mais bon sang, ils bougeaient. Dieu merci.

— Pour quelqu'un qui s'est tiré d'un crash…

— D'un crash contrôlé, corrigea-t-il.

— D'un crash contrôlé, reprit-elle avec patience, vous êtes dans un état plutôt correct. Vous avez eu beaucoup de chance.

Encore ce mot.

Cloué au sol pour des semaines de convalescence et des mois de rééducation, il se sentait tout sauf chanceux.

— Dans combien de temps est-ce que je sors ?

— Il faudra en parler avec le commandant Billings. Elle devrait passer pendant sa tournée.

Billings, la chirurgienne. Belle, joli visage, beau sourire quand elle s'en servait. Et même sous sa blouse blanche, il n'était pas difficile de deviner une silhouette irréprochable. Dans un autre lieu, à une autre époque, peut-être…

Mais plus maintenant.

À part Brooks, Ethan ne voulait plus rien avoir à faire avec les médecins. Surtout pas avec une femme susceptible de l'empêcher de voler. Tout ce qu'il voulait, c'était sortir d'ici et retrouver un cockpit. Et s'il ne revoyait plus jamais un médecin de toute sa vie, ce serait encore trop tôt.

Même un médecin qui ressemblait à un petit coin de paradis sur terre.

Extrait de

Ethan – Un bébé au ranch

— Autorisé au décollage.

Des semaines de préparation, de coordination et d'entraînement — au point que l'équipe aurait pu mener cette mission en dormant — allaient enfin porter leurs fruits. Huit hommes à bord, et un autre pilote en route vers la maison.

Puis, surgis de nulle part, des cris retentirent dans le casque d'Ethan.

— Missile ! Missile ! Missile !

Par-dessus son épaule, il aperçut la signature d'un missile sol-air.

Merde.

Un kaléidoscope d'orange et de jaune éclata sur sa droite, et l'hélicoptère bascula sur la gauche.

Nom de…

L'appareil piqua du nez, remonta, partit d'un côté, puis de l'autre.

Ce n'était certainement pas ainsi qu'il avait prévu de terminer cette mission.

Par l'interphone, il ordonna à l'autre pilote de vider son armement.

— Largue tout !

En amorçant une descente en spirale, il comprit aussitôt que l'appareil allait s'écraser.

Et vite.

Merde.

Avec ce terrain infernal tout autour, le GPS, la radio et la balise d'urgence ne serviraient probablement à rien, et le temps jouait contre eux. Maîtriser un hélico dont la poutre de queue avait été arrachée était bien pire que de monter un taureau furieux avec les couilles attachées. Il avait neuf hommes à bord. Ils étaient allés beaucoup trop loin pour ne pas rentrer vivants auprès de leurs familles. On rentre avec ceux qu'on a emmenés. Aujourd'hui n'était pas un bon jour pour mourir. Ethan les avait amenés jusque-là. Ethan les ramènerait chez eux.

Le martèlement répété des tirs les enveloppait comme le grésillement continu d'un système de communication en train de rendre l'âme. La fumée envahissait le cockpit et le flanc de la montagne se rapprochait beaucoup trop vite.

— Pas aujourd'hui, marmonna-t-il.

Les flammes léchaient son appareil comme un lézard happant sa proie.

— Préparez-vous à l'impact !

Les yeux d'Ethan s'ouvrirent brusquement.

Respirer.

Se calmer.

Il était vivant et… il n'était pas suspendu la tête en bas.

Il cligna plusieurs fois des yeux, puis baissa le regard sur sa main. Pas d'éclats. Pas de sang. Un bandage.

Il cligna encore des yeux et avala une grande bouffée d'air pour se calmer.

— Les hommes…, murmura-t-il, avant de se rappeler que ce qu'il restait de l'hélico avait bien réussi à déposer tous ses passagers au sol, à peu près entiers.

— Ils vont bien, Major.

Le commandant Billings traversa la courte distance entre la porte et la salle de bains, puis revint avec un gant de toilette. Sans un mot, elle épongea la sueur qui perlait sur son front et coulait le long de son visage.

— On m'a dit que ce que vous avez fait tenait du miracle. Peu de gens survivent à un crash d'hélicoptère…

— Un atterrissage brutal maîtrisé, la corrigea-t-il.

Il ne voulait plus entendre le mot *crash*.

— Pardon. Comme je le disais, peu de gens survivent à un atterrissage brutal. Alors tout un équipage…

— À quel point *bien* ? demanda-t-il.

La jolie docteure fronça légèrement les sourcils, puis

retrouva son sourire.

— L'autre pilote a déjà été soigné et a rejoint votre unité.

Le brouillard dans l'esprit d'Ethan continuait à se dissiper.

Ça, il le savait déjà.

Il savait que Hammer allait bien.

— La majorité de l'équipe récupère de fractures diverses, de commotions légères et de lacérations. Quelques brûlures au premier degré, liées à l'évacuation. Le lieutenant Bishop a dû être opéré d'une rupture de la rate avec hémorragie interne, mais il se remet bien.

Ça aussi, il le savait.

— Vous me l'avez déjà dit, non ?

Le commandant acquiesça. Son oubli avait dû expliquer le froncement de sourcils de tout à l'heure ; à présent, elle semblait satisfaite de le voir s'en souvenir.

— Vous récupérez bien. Votre pied est beau. Votre main aussi.

Il remua les doigts, puis les orteils. Il ignorait depuis combien de jours il était là, mais il savait une chose : il était prêt à arrêter de rester allongé sur le dos.

— Dans combien de temps je reprends le service ?

Un sourcil monta haut sur le front de la chirurgienne.

— Les Marines…, marmonna-t-elle en secouant doucement la tête. C'est une fracture sérieuse. Vous avez subi deux opérations et une vilaine infection. Vos os auront besoin des mêmes six à huit semaines que ceux des simples mortels.

Il y avait quelque chose dans sa façon de le taquiner qui le détendit.

Quelque chose qui lui rappelait la maison.

Et puis il s'en souvint. Il était devant l'ordinateur, en train de rattraper son retard, quand il n'avait plus réussi à garder les yeux ouverts.

— Ma famille ?

— Oui… eh bien, il semble qu'il y ait eu un petit problème administratif.

— Un problème administratif ?

— Ils n'ont été informés de votre état qu'hier. J'ai compris que votre père et votre frère étaient en route.

— Non.

Si la docteure comptait le maintenir en arrêt médical pendant deux mois, cela signifiait qu'il retournerait sur sa base une fois autorisé à sortir. Dans ce cas, autant utiliser ses jours de permission accumulés et rentrer directement chez lui. S'il devait rester immobilisé, il préférait le faire au ranch. Ce n'était pas que retourner à **Pendleton, sa base en Californie,** fût une mauvaise chose. Ce n'était simplement pas chez lui.

— Ce n'est pas nécessaire.

— Que si, bon sang.

Sean Farraday entra dans la chambre à grands pas. Du haut de son mètre quatre-vingts passé, vêtu de l'uniforme habituel de l'ouest du Texas — jean, chemise boutonnée, énorme boucle de ceinture de rodéo, bottes bien entretenues et, bien sûr, Stetson sur la tête — il imposait le respect. Et faisait un peu figure d'anomalie à Washington.

— Estime-toi heureux que tante Eileen ne soit pas là. Sinon, elle t'aurait déjà broyé les côtes à force de te serrer dans ses bras.

Ethan se mit à rire, et une douleur tira aussitôt sur son flanc.

— Côtes contusionnées, précisa la docteure.

Ça, il ne s'en souvenait pas non plus. En même temps, il n'avait pas eu grand-chose à trouver drôle depuis son arrivée à Walter Reed.

— Je suis le commandant Billings, dit-elle en tendant la main.

— Enchanté.

Son père lui serra la main.

— Vous prenez bien soin de mon garçon ?

Les yeux de la chirurgienne brillèrent d'amusement, mais elle eut la décence de ne pas rire à l'idée qu'on appelle encore *garçon* un homme comme Ethan.

— Nous faisons tous de notre mieux.

— Bien.

Son père se tourna vers lui, le front plissé, puis

s'approcha du lit.

— Alors, dis-moi vraiment. Comment tu te sens ?

— Comme si un bain dans le ruisseau me remettrait d'aplomb. Il doit être bien haut en ce moment.

Son père sourit.

— Donc, ça pourrait aller mieux.

— Pas assez plu ?

Tout le brouillard laissé par les médicaments post-opératoires ne s'était pas encore dissipé. Il aurait dû connaître la réponse.

— Assez, répondit Sean en examinant son fils de la tête aux pieds comme s'il était un nouveau-né tout juste sorti de sa boîte.

— Et l'autre, il a quelle tête ?

En glissant un téléphone dans sa poche, DJ entra dans la chambre et tendit la main à la docteure, qui sembla quelque peu déconcertée par l'apparition d'un deuxième géant de plus d'un mètre quatre-vingts en bottes et chapeau de cowboy.

— Declan.

— Declan ? répéta Ethan, surpris. T'es puni ou quoi ?

Son père secoua la tête avec un sourire.

— Apparemment, Becky trouve que Declan est un joli prénom.

Il n'avait donc pas mal interprété les publications sur Internet.

— Eh bien, ça alors…

— Si vous voulez bien m'excuser.

Le commandant Billings s'écarta.

— J'ai ma tournée à faire. Si vous avez des questions, l'infirmière peut me joindre. Sinon, votre fils devrait pouvoir repartir pour la Californie d'ici quelques jours.

DJ et leur père échangèrent un rapide regard en coin, et Ethan n'aima pas du tout ce qu'il y lut.

Lorsqu'il avait découvert la rafale de messages envoyés par ses frères et sœurs, il s'était demandé ce qui se passait. Puis, en voyant les photos de Becky et DJ les yeux dans les yeux, il avait cru comprendre que tout cela tournait autour de ça. Les frères Farraday tombaient les uns après les autres.

Au moins, il savait une chose avec certitude : Becky était un sacré bon parti, et s'il lui faisait du mal, Ethan traînerait son frère par la peau des fesses de là jusqu'à Bagram.

Mais ce regard-là n'avait rien à voir avec des fils amoureux.

— Bon, qu'est-ce qui se passe, à la fin ?

Lisez la suite de Ethan – Un bébé au ranch, ou à prix réduit directement auprès de Chris.

RENCONTREZ CHRIS

Autrice de plus de cinquante romans contemporains, dont la série primée Aloha, Chris Keniston vit dans le nord du Texas avec son mari, ses deux enfants adultes et ses deux chiens.

Bien qu'elle aime ses chiens de la même façon, elle reconnaît avoir une affection particulière pour son berger allemand adopté. Après tout, même les chiens méritent une fin heureuse.

Vous pouvez en apprendre davantage sur Chris et ses livres sur : www.chriskeniston.com.

Suivez Chris sur Facebook à ChrisKenistonAuthor ou sur Twitter @ckenistonauthor.

Series: Sous le ciel des Farraday

Adam – La mariée disparue au ranch
Brooks – Tentation interdite au ranch
Connor – Bâtir son rêve au ranch
Declan – L'imprévu au ranch
Ethan – Un bébé au ranch
Finn – Une seconde chance au ranch
Grace – Rien ne vaut un chez soi au ranch